花街九故事

—— 徐则臣自选集

小说卷

徐则臣 ◎ 著

北京联合出版公司
Beijing United Publishing Co.,Ltd.

图书在版编目（CIP）数据

花街九故事：徐则臣自选集.小说卷/徐则臣著
. -- 北京：北京联合出版公司, 2024.1
ISBN 978-7-5596-7295-7

Ⅰ.①花…Ⅱ.①徐…Ⅲ.①中篇小说－小说集－中国－当代②短篇小说－小说集－中国－当代Ⅳ.①I247.7

中国国家版本馆CIP数据核字(2023)第241385号

花街九故事：徐则臣自选集（小说卷）
徐则臣　著

出　品　人：赵红仕
选 题 策 划：厦门外图凌零图书策划有限公司
特 约 编 辑：徐蕙蕙　陈　慧
责 任 编 辑：龚　将
封 面 设 计：孟　迪
内 文 排 版：吴思萍

北京联合出版公司出版
（北京市西城区德外大街83号楼9层100088）
北京联合天畅文化传播公司发行
厦门集大印刷有限公司　新华书店经销
字数180千字　787毫米×1092毫米　1/32　9.25印张
2024年1月第1版　2024年1月第1次印刷
ISBN 978-7-5596-7295-7
定价：69.00元

版权所有，侵权必究
未经书面许可，不得以任何方式转载、复制、翻印本书部分或全部内容。
本书若有质量问题，请与本公司图书销售中心联系调换。电话：(010)64258472-800

徐则臣

1978年生于江苏东海,毕业于北京大学中文系,供职于《人民文学》杂志社。作为茅盾文学奖得主中首位70后,被誉为70后作家的光荣。著有《北上》《耶路撒冷》《王城如海》《跑步穿过中关村》等,作品被翻译成德、英、日、韩、意、蒙、荷、西、俄等十余种语言。

自序

一直盼出自选集，一直怕出自选集。

前者出于虚荣，希望早日拥有"自选"的权力。那也是写作之初的胆怯和不自信，这个想必不难理解。后者缘自纠结，手心手背都是肉，选出一部分后，剩下的算什么呢？尽管大家都按下不表，心底下还是认为"自选"出的必定是最好的，那么剩下的肯定就归于残次一类。这等于昭告天下，除此以外者，自家都是看不上眼的。如此划定阶级成分，对一个作家怕也不是件一清二白的好事。

——我的纠结还不在于此，的确是难以"自选"。写作既久，倏忽二十年弹指而过，对文学的判断，我早不再像当初那般斩钉截铁，放之四海只有一个标准，世界上的文学就两种：一种好的，一种坏的。而是标准越来越多：重要的、不重要的，喜欢的、不喜欢的，愿意重读的、勉强只能看进去一次的，好但怎么也看不下去的、平平却每次翻看都十分欢乐的，完美但于我无益的、一堆毛病我却受益良多的……只要版面富余，可以一直列下去。

具体到自己的作品，也很难再以好坏截然论之。不是自信到了看自家娃儿哪哪都好，也不是糊涂到分不清珠玉跟沙石，而是遍尝了写作的辛苦，字字血、声声泪，你知道每个字的来处，轻重深浅，切肤之痛，却不足为外人道也，也不能为外人道也。不唯是敝帚自珍，还因为每个作品于你的意义迥异于他人：读者可以明火执仗地偏执，喜欢的就喜欢，不喜欢的弃之如敝屣；而你，作者，哪里可以心无挂碍地给这些作品分出个亲疏远近、三六九等。人说好的，我可能最不看重；人所不喜者，我可能最难相弃。事情就这么夹缠吊诡。

但是现在，这两个自选集还是出来了：一个中短篇小说，一个散文随笔。那么这两个集子用的是什么标准？

小说如书名所示，以"花街"为据。多年前写第一个关于花街的小说《花街》时，我就打算早晚以"花街"为名出一本主题小说集。那时候想的是，所有故事都要发生在花街上；现在想法变了，不为形式主义所累，故事跟花街有关即可，哪怕人物走在北京的长安街上。既然他思在花街、念在花街、根在花街，为什么不能算作花街故事呢？花街肯定比我想象和虚构的更加开放。花街欢迎你。所以就有了这自选的九个故事。

为什么是九个而不是十个或者十一个？为什么是这九个而不是其他九个？前者的答案是：九是宇宙中最大的数，意味着无穷；如果不到九为止，这个集子到底要选多少篇，我就更不知道了。而后者，我只能神神道道地告诉你：当我闭上眼，看见从花街幽暗的街道上明亮地走出来的小说中，走在最前头的，就是这九个故事。

散文随笔集《一意孤行》。这四个字是我喜欢的。书法家朋友赐墨宝，我给出的"命题作文"多半也是这四个字。为人须谦和平易，作文要一意孤行。文学没有对错，认准了，一竿子支到底，条条大路通罗马。欧阳锋倒练九阴真经也练成了，可见文无定法。这个集子里"自选"的也如此。我所写作过的诸种题材都选取了部分，正路子有之，歪路子、野路子亦有之。正路子、歪路子、野路子在一起，就是所有路子；条条大路通罗马，条条小路必定也通到罗马。

　　盼出自选集，怕出自选集，还是出了自选集。把道理讲得天花乱坠还是出了。出了就出了吧，一咬牙一跺脚，一意孤行可也。

徐则臣

目 录

花街	001
如果大雪封门	027
这些年我一直在路上	046
人间烟火	075
失声	132
大水	153
苍声	168
镜子与刀	227
伞兵与卖油郎	256

花街

1.老默

修鞋的老默死在下午。据负责处理这件案子的警察说，老默死的时间是一点左右，开杂货铺的老歪从床上爬起来，迷迷糊糊地披着衣服要去厕所，开了门惊得他睡意全无，他看见老默倒在他的修鞋摊子上，脑袋歪在一堆修鞋的家伙里，一半的屁股还坐在倒下的小马扎上，吃了半边的馒头从饭盒里滚到了老榆树底下。老歪喊了一声老默，老默一动不动，又喊了一声，还是不动，再喊了一声，他就叫了起来："老婆！不好了，修鞋的老默死了！"

老歪是个大嗓门，他的叫声把整条街都惊动了。沿街的板门凌乱地打开，吱吱呀呀响成一片，一双双穿着拖鞋的光脚陆续从花街两头奔凑过来，到了榆树底下就不动了，他们把老默的修鞋摊子围成一圈。他们不敢上前，站在一边把两只手握成拳头抱在胸前看，我祖父和老歪走上前去，一人拽着老默的一条胳膊把他从修鞋摊子上架起来，他们想让他站直了。可是老默站不直，脚没法坚实地着地，整个人像一只僵硬的虾米，总也抬不起头来。祖父试探一下老默的鼻息，脸一下子拉长了，摆摆手对大家说："没用了。"

老歪的老婆从斜一侧的树根处捡起老默吃剩下的那半个馒头，又冷又硬，像一捧粗砂做成的，一碰就向下掉馒头渣子。"这个老默，做饭时我说给他热一下，他不愿意，说喜欢吃冷的，"她把馒头展示给大家看，抹着眼睛说，"这下好了，连冷馒头都吃不上了。"

附和她的是我祖母，她那样子好像是因为生气才掉眼泪的，她在我祖父旁边指指点点，主要针对老默单薄的衣服。"你看这该死的老默，给了他好几条裤子他都不穿，就穿两条单裤，连毛裤都不穿，大冷的天。"老默穿得的确很少，一件旧得袖口露出棉花的小棉袄，上面套着蓝灰色的中山装，裤子是打着补丁的灰色单裤。还光着脑袋，而我们花街上头发少的老人在冬天都戴着呢子或者毛线织成的帽子。祖母的话引起了大家的共鸣，很多人都跟着数落老默的不是。你想想，一年到头在花街摆摊修鞋，或多或少地积累下来，老默的日子应该过得很不错才对。又不是没钱，吃饭省，穿衣也省，当真要省成个百万富翁啊？！大家议论得很起劲，把老默已经死了这事都给忘了。

"别咋呼了，人都死了，"我祖父说，他想找个合适的地方把老默放下，总不能和老歪就这么一直抱着老默，"男人留下，女人快去找警察！"

女人们一哄而散,慌慌张张地不知要往哪儿跑。

祖父和一帮男人留下来收拾老默和他的修鞋摊子,杂七杂八的东西都被捡起来放到他的三轮车里。老默的身体僵了,祖父他们折腾了半天也没能把他弄直,只好就让他弯着睡在草席上,说不出来的别扭的姿势。草席是开豆腐店的蓝麻子让儿子良生从家里拿来的,没用过的新席子。老默生前最喜欢吃蓝麻子家的豆腐脑,几乎每天早上都吃,这些年来没少给他送钱。刚收拾好,警车就到了,车停下来警笛还响着。尖锐的警笛声不仅把花街上的居民全吸引过来了,周围几条街巷的人也循着声音聚来了。人们源源不断地向老榆树底下涌来,都知道一定出大事了,否则警车不会钻进花街这样狭窄的小巷子。

警察的程序没有我们想象的那样复杂。他们拍拍打打把老默全身试探了一遍,掀开他的眼皮,撬开他的嘴,祖父他们刚刚没发现,老默的嘴里还有一块没嚼碎的冷馒头。警察抱着他的脸左右端详,又简单地看了一下老默的周身,解开他的衣服又给他穿上,折腾来折腾去,就检查完了。我祖父问一个戴眼镜的警察怎么回事,警察说,还能怎么回事,他是猝死,与别人无关。这个结论多少让我们有点失望。

老默对我们花街来说,其实是个熟悉的陌生人,因为没人知道老默的底细。他整天在这里摆摊修鞋,但是谁也不知道他家在哪里,家里还有什么人。什么都不知道,我们不知该把他送到哪个地方,只好由警察先收着。警察们同意了,他们也要做进一步的调查。警察让祖父他们帮个忙,把老默的尸体抬上车，正要塞进车里时，那个戴眼镜的警察在老默的上衣口袋里发现了一张纸。他打开那张因折叠时间过久而发绒泛黄的纸片，看了一眼就专注地读出了声：

"我叫杨默，半生修鞋，一身孤寡，他们叫我老默。我已经老了，算不透自己的死期，所以早早立遗嘱如下：我愿意将仅存的积蓄两万元整送给花街蓝麻子豆腐店的蓝良生，已将款额存到了他的名下，请发现此遗嘱者代为转达。老默感激你了。"

2.花街

从运河边上的石码头上来,沿一条两边长满刺槐树的水泥路向前走,拐两个弯就是花街。一条窄窄的巷子,青石板铺成的道路歪歪扭扭地伸进幽深的前方。远处拦头又是一条宽阔惨白的水泥路,那已经不是花街了。花街从几十年前就是这么长的一段。临街面对面挤满了灰旧的小院,门楼高高低低,下面是大大小小的店铺。生意对着石板街做,柜台后面是床铺和厨房。每天一排排拆合的店铺板门打开时,炊烟的香味就从煤球炉里飘摇而出。到老井边拎水的居民起得都很早,一道道明亮的水迹在青石路上画出歪歪扭扭的线,最后消失在花街一户户人家的门前。如果沿街走动,就会在炊烟的香味之外辨出井水的甜味和马桶温热的气味,还有清早平和的暧昧。

老默跟着一条水迹进了花街,多少年来都是这样。三轮车的前轱辘压着曲折的水线慢腾腾地向前走,走到榆树底下,拎桶的人继续向前,老默停下了。他把修鞋的一套家伙从车上拿下来,一样样井井有条地摆好,然后闻到了蓝麻子家的豆腐脑的香味。他扔下摊子循着香味来到豆腐店里,在柜台边固定的靠窗的长条凳上坐下,对着热气升腾里正忙活的麻婆说:"一碗豆腐脑。你不是知道么,香菜要多多地放。"然后对从豆腐缸后走出来的蓝麻子说:"生意好啊,麻哥,老默又来了。"

蓝麻子给他抹一下桌子,说:"馒头带了吗?"

"带了,"老默从口袋里拿出昨天晚上买就的馒头,生硬地掰开,"麻哥你看,冷了吃才有馒头味。"

麻婆一直不说话,只有蓝麻子陪着老默天南海北地瞎说一通。吃过一碗热乎乎的豆腐脑老默就一头大汗,抹抹嘴递上钱,开始向蓝麻子和麻婆告辞,一路点着头往回走。他从不在豆腐店里待时间长。走过我家的裁缝店时,不忘和我祖父祖母打个招呼,说两句天气什么的无关紧要的话。回到榆树底下他的修鞋摊子前,在小马扎上坐下来,摸出根香烟独自抽起来,等着第一个顾客把破了的鞋子送过来。这时候花街才真正热闹起来,各种与生活有关的声响从各个小院里传出来,今天真正开始了。懒惰的小孩也从被窝里钻出来,比如我,比如蓝麻子的孙女秀琅,比如老歪的孙女紫米。

我和秀琅、紫米常在一起玩。走过修鞋摊子时,我们都会停下来摆弄那些修鞋的工具,锤子、剪子和修鞋的缝纫机,老默一点都不烦,做着示范告诉我们这些东西怎么用,在什么时候用。我们偶尔也会冷不丁地问他一个相同的问题,为什么他每天都来花街,我们的鞋子可不是每天都坏的。事实上也是这样，有时候他在树底下坐上一天也修不上两双鞋，多数时间他都在和我祖父他们聊天，或者一个人干坐着吸那种味道刺鼻的卷烟。

"习惯啦，"老默笑呵呵地说，"就跟走亲戚似的，看到小寒、秀琅和紫米心里就踏实了。"

他常常会给我们三毛两毛的零花钱，让我们去买糖吃。我不要，我祖母不许我拿老默的钱。紫米也不敢要，老歪不喜欢她吃零食。老默就给秀琅，说好孩子，爷爷给你的钱就拿着，买点铅笔、橡皮和糖豆，别忘了分一份给小寒和紫米，听话，拿着。秀琅就乖乖地接住了，有时她不要，老默也硬塞给她。

老默在花街修鞋有些年头了，我记事起他就坐在榆树底下。谁也记不清他是哪一年哪一天第一次出现在这里了。时间不是问题，问题在于花街太小，要修的鞋子不多，每天都来就有点浪费了。所以我小叔有一回在吃饭的时候说，是不是老默看中我们花街上的哪个女人了？说完小叔自己就笑了，他也觉得这个想法好笑。但他还是被祖父骂了一通。

"瞎说，老默都多大了！"祖父说，"人家老老实实挣着血汗钱，怎么会随便招惹那些小院里的女人。"

祖父说的小院里的女人是指我们花街上的妓女。花街，听听这个名字就知道了。后来我从祖父祖母和街坊邻居那里逐渐了解到了一些花街的历史，发现这个名字的确与妓女有关。几十年前，甚至更早，这条街上就住下了不少妓女。那时候运河还很热闹，往来的货船和竹筏子交替在运河边上的各个石码头上靠岸，歇歇脚，采买一些第二天的航程必要的食物和用具，也有一些船夫是特地下船找点乐子的。那会儿的花街还不叫花街，叫水边巷，因为是靠近小城边上最大的一个石码头。下船的人多了，什么事也就都来了。水边巷逐渐聚集了专做皮肉生意的女人，有当地的，也有外地的，租住水边巷一家小院的一个小房间，关起门来就可以做生意了。生意越做越大，名声就跟着来了，运河沿线的跑船的和生活无忧的闲人都知道石码头边上有一条街，院子里的某一扇门里有个鲜活动人的身体。花钱找乐子的慕名而来，想卖身赚钱的女人也慕名而来。有很长一段时间，花街的外地人多于本地人，祖父说，当初花街人的口音杂啊，南腔北调的都有，做衣服都麻烦，他们一人一个口味。水边巷的名字渐渐被人忘了，就只知道有一条花街，后来干脆就叫花街了。

现在的花街已经比较干净了，上面规定不准女人用身体挣钱了，而且那种行当也出不了大门。但还是有，只要这世上花肠子的男人还有，妓女就绝不了种。我也知道花街上的几个妓女，见了面我还和她们打招呼，叫她们什么什么姨。她们平常和花街上的其他人一样，或者上班，或者出门做别的事，只有在她们悄悄地在门楼上和屋檐下挂上一个小灯笼时，才成了妓女。挂上灯笼就回到小屋子里，等着有兴趣的男人们来敲门。她们很安静，无声无息地挂上灯笼，又无声无息地取下，和花街上的人一样沉稳平和地生活。

祖父认为老默不可能是冲着哪个小灯笼来的，也没有人这么认为，小叔也是随便开了一个玩笑。老默只是一个修鞋的老头，他整天都在老榆树底下坐着哪。到了黄昏时分，老默开始慢悠悠地收拾摊子，修好的鞋子送进老歪的杂货铺等着鞋主来取，没修好的带回家，他和我祖父他们打过招呼就骑上三轮车，晃荡晃荡地出了花街。

关于老默，花街上的人谁也不敢说对他十分了解。他只说很少的话，关于他自己的更少。我祖父和老歪知道的算是多的了，因为杂货铺和裁缝店斜对着老榆树，祖父和老歪即使在忙活时也可以伸头和老默聊天。再说他们忙的时候实在不多，花街的生活像是陷在一张陈旧的黑白照片里，晃晃悠悠的，想忙都忙不起来。老默死后，我祖父和老歪都感叹，老默孤身一人，连个家人都没有，是哪里的人住在哪儿也不清楚，回去的路都不好走啊。他们知道的也不过这么点。

3.良生

老默的死因最终没有什么改变,还是猝死。不知道警察是怎么检查的,反正他们把老默原封不动地又运回来了,要把他交给豆腐店的蓝良生。他们说,已经把老默的身世仔细地调查过了,没有什么重大发现,只知道他是外地人,但几十年都住在离花街不远的一间小屋里,其他的就没了。因此,我们知道的老默就是一个人落魄地活着的鞋匠,孤寡一人,每天骑着他的三轮车来花街为我们修鞋。按照小城的风俗,死去的人应该有人接管,要有儿孙后辈来为他扶灵,办一场盛大的葬礼。所以警察就来问蓝良生,是否愿意操办老默的葬礼,因为老默把他定为了自己的遗产继承人。这是能够找到的唯一与老默有点关系的人。

警笛响进花街时,没有人知道他们要干什么。街上的人追着尖叫的声音跑上来,大人小孩都跟在后面。警车停在豆腐店门前,警笛一直没有停下,大家都以为豆腐店里出了什么事。

但是豆腐店的门关着,听不见店里有什么动静。两个警察从车里出来,打开后车门,拉出一副担架。让我们吃惊的是,担架上覆盖一块白布,白布下面是一个人形。当我们猜出白布底下的人是死去的老默时,豆腐店的门开了,良生从门后探出了他的大脑袋,一边看一边把右胳膊伸进外套的袖子里。

"你们这是干什么?"

"找不到亲人了。老默的葬礼只能托付给你了。"警察说。

"托付给我?我与他有什么关系?我过我的日子,他修他的鞋,"良生说,"我凭什么要为一个陌生人操办葬礼?"

警察说:"你是他指定的财产继承人。"

良生出了豆腐店,对着警察摇晃着手说:"你别提那两万块钱,为了它我已经说不清楚了。"

他不愿意操办老默的葬礼。良生是我们花街上最有身份的人,在一个什么局里当干部,举手投足都是公家人的派头。他比花街上的任何人都要面子,这我们都知道,平常我见到的良生都穿着西装打着领带,脚下的皮鞋擦得锃亮,右胳膊底下整天夹着一个小皮包,走路都甩开了胳膊走。我遇到他就叫一声叔叔好,他对我点点头,嗯一声点个头就过去了。所以我祖母说,良生就那样,忙得跟省长似的。多少年了他都在坚持跟蓝麻子和麻婆商量两件事:一是离开这个叫花街的地方,这名字在小城声誉有问题;二是别再开这个寒碜的豆腐店,他不缺那几个钱,也不会让自己的爹娘缺这几个钱。但是蓝麻子和麻婆两条都不答应：在这里住了一辈子了，开了一辈子的豆腐店，离开花街的豆腐店你让我们怎么活。他们说什么也不挪窝，死也要死在花街上。前两年蓝麻子身体不好，躺在病床上好几个月，差点完了，良生又劝他们离开这里到繁华热闹的地方去住，那里看病也方便。蓝麻子觉得也是，在花街躺倒了找医生都麻烦，就打算放手不干了。麻婆还是不答应，她坚持要把豆腐做下去，一直做到要死了不能动的那一天。

老默蒙着白布躺在豆腐店的门前，警察已经想办法把他弄直了，能看到一个瘦长的人形。周围挤满了人，堵住狭窄的青石路。大家指点着老默的尸体和豆腐店议论纷纷，说什么的都有。修鞋的老默，豆腐店和豆腐店老板的儿子，原本不相干的两件事现在扯到一起，大家发现原来还很有意思。

"把他运走，别停在我们家门前！"良生说。

"他不是把钱都留给你了吗？"有人说。

"你不干？他为什么偏偏把钱留给你呀？"

"还能白拿钱不干事呀！"

"钱？好，你们谁愿意送他下地，钱就归谁。"良生早就听出他们说的不对味儿了，脖子上的青筋都跳起来了，大着嗓门说，"谁来？谁来呀？"

突然没人吭声了。大家都知道良生拉不下来脸为一个修鞋的操持葬礼，这是做儿孙的干的事。祖宗定下的规矩，说不清楚。现在花街乃至整个小城都在议论这件稀奇古怪的事，为什么会是他蓝良生呢？谁会把那么一大笔钱送给与自己毫不相关的人呢。钱本身不是问题,问题是人家老默那可是遗嘱,一个光棍老头的遗嘱。两万块钱让他的身份突然变得暧昧了,谁知道他良生和修鞋的有什么关系呢。所以良生有点急。

我祖父没说话,老歪也没说话,就连蓝麻子也不说话。蓝麻子出来以后一直站在我祖父旁边,看着儿子和警察理论,一口接一口地抽烟。其他人就更不敢说了。这话不好说,都在小城里过日子,谁都想正大光明、清清白白地过下去。那两万块钱的确让人眼馋,但是躺在担架上的老默又让他们不敢轻举妄动。就这么耗着,任警察怎么开导良生就是不松口。良生的意思是,抬回去,该送哪儿送哪儿,就是不要在蓝家豆腐店门口怄人。警察没办法了,准备把老默重新抬上车,拉回去公事公办,当成无主的孤魂火化了事。就在这时候,我们看到麻婆从后屋里面急匆匆地走出来,脸上的表情平静而又坚定,每一条皱纹都在它该待的位置上。

我对秀琅说:"你奶奶出来了。"

秀琅迎着麻婆走上去,叫了声:"奶奶。"

麻婆牵住她的手,来到儿子面前。"良生,"麻婆说,声音不大,"把老默留下。"

"妈,你说什么?"

"把老默留下。"麻婆又说。

"不行啊,妈。"

"留下!"麻婆几乎是喊叫着对她儿子说,一下子泪流满面,"把老默留下,良生!"

谁能想到麻婆会说出这样的话呢。我们都呆了，眼睛被迫瞪大，周围异常安静。秀琅惊得也流出泪来，她从来没见过奶奶发这么大的火，麻婆这辈子对谁都是和风细雨的。

良生说："妈。妈。"

"留下，良生。"蓝麻子慢腾腾地走到儿子跟前，手里捏着抽了一半的烟卷，他用手指捻灭的烟头，"照你妈说的，把老默留下。"说完转身进了豆腐店。

4. 旧影

　　老默的葬礼办得很体面，毫无疑问，良生是遵照蓝麻子和麻婆的意思操办老默的葬礼的。良生是一个孝子。葬礼那天花街上的人都去了，我和祖父祖母也去了。紫米随老歪他们已经到那里了，正和秀琅在大厅的一个角落里呆呆地坐着，她们的胳膊上戴着一块黑纱。紫米见到我向我招招手，让我过去。秀琅没说话，只是盯着我看。我想过去，祖父说现在不行，过一会儿才可以。灵堂设在清河殡仪馆，我没见过那样的场面，灵堂阔大，墙壁上方挂着一幅巨大的炭笔画像，老默在高处对着每一个来到的人微笑。他的笑也不能让我温暖，大厅里一片冰冷的白色让我眩晕。除了冰冷的白色，还有低回的哀乐也让我难过，像一条浮动缓慢的宽阔河面，不知今夕何夕地悲伤地流淌。良生一身黑衣站在门口，招呼前来吊唁的人，胳臂上戴着一块黑纱，脸上的表情僵硬，见到我祖父祖母便机械地鞠躬。祖父想上去握握他的手，犹豫一下又算了。他和蓝麻子握了手,蓝麻子旁边站着悲伤的麻婆,她的悲伤很平静。他们的胳膊上都缠着黑纱,站在一片白色中像雪地里的两棵老树。

葬礼办得很成功,按照我祖父的说法,该有的都有了,包括哀伤和人情。送走了老默之后,在很长一段时间里葬礼都是花街最大的谈资,茶余饭后都会说起,大家都说,只有良生那么体面的人才能操办出那样体面的葬礼。老默死也值了,他的两万块钱没看错人。然后就说起麻婆,没想到平常不动声色的麻婆在那个时候竟能挺身而出,而且她的决定不容置疑。我祖父就常常感叹,麻婆一个女人家有如此心胸,收容一个非亲非故的老默,不容易啊。

"一直就是这样。"我祖母说,"你不记得了?当初她来到花街时就是一个不一般的女人。"

"怎么不记得。她还在我们的缝纫店里住了半个月呢。几十年了,一晃良生都快四十了。"

我不免好奇,忍不住追问祖母:"麻婆婆为什么住在我们家?"

祖母说:"她刚到花街,没处落脚,只好先住我们家了。"

当年麻婆才好看呢,祖母后来又说,花街上找不到这样美丽鲜活的女人。那天傍晚日落时分她来到花街,顶着一块外地女人的头巾,她的身材比花街上的女人要高一点,因此我祖母很难不注意到她。祖母说,当时她在头脑里还闪过一个念头,就是给这个年轻的女人做一件旗袍要多少布料。然后祖母就注意到她身上的衣服,旧是旧了点,还是好看,一看就知道是个会收拾自己的女人。她抱着个大包袱,犹豫不定地在石板路上走来走去,经过每一家都要向院子里张望,像个迷路的外乡人。炊烟从家家户户飘出来,携带着晚饭的香味弥漫了一条街。因为夜晚的到来青石板上开始渗出清凉的水珠,花街更显得清幽滞重。外出的花街人三三两两地都回来了,只有无家可归的人才会不知该干什么。那些准备在夜晚做生意的女人,开始悄悄地在门楼和屋檐底下挂上她们的小灯笼。我祖母看到那个外地女人在街上焦急地转来转去,好几次经过裁缝店,每次都是欲言又止,就从窗户里伸出头去问她:

"你是来走亲戚的吗?谁家的呀?"

"这是花街么?"年轻美丽的麻婆用外地的口音说。那时候她还不叫麻婆。

"是花街,你找哪一家?"

"我……我想住在这里。"

"谁都不认识你怎么住?"

"我……能住在你这儿吗?"她说,一脸的倦容,声音都哑了,"我能挣钱,挣了钱就还给你们。"

祖母对这个陌生的女人并没有感到奇怪,常常有远道而来的女人在花街安家。她不想啰唆这种事,但是麻婆和她们不一样,祖母只是凭女人的直觉这么认为。她让麻婆等一下,到后屋里和祖父商量了一阵,带着祖父来到门前,又问了麻婆一些情况,就把她留下来了。那时候我家地方还小,只能委屈麻婆住在裁缝店里了。麻婆很感激,说只要能有个容身之处就可以了。她放下包袱,帮着我祖母很快收拾好了裁缝店,井井有条的小空间让我祖母很满意。祖父祖母没让她还什么钱,也没让她去挣钱。她在我家住了半个月,帮着祖母做做饭剪剪衣服,人很勤快,手艺也好,饭菜做得别有风味,裁剪起衣服来也很像那么回事。祖母觉得她心灵手巧,过日子一定是把好手。既然她也想在花街长久地住下来,最好能够安个家,好女人就该静下心来踏踏实实地生活。踏踏实实地过日子比什么都好。麻婆认为我祖母的建议有道理,就同意了。后来就嫁给了离我家很近的豆腐店老板的儿子蓝麻子。

"麻婆那么好看,为什么要嫁给麻爷爷?"我觉得他们在一起不般配,麻爷爷一脸的麻子,个头也不高,看起来比麻婆还矮。

"你麻婆爱吃豆腐脑啊,你麻爷爷人好,对你麻婆也好。就嫁了。"

"我听说……"我憋了半天才说出后半句,"良生叔叔不是麻爷爷亲生的。"

祖父立刻从凳子上站起来,声音都不一样了:"小孩子不许瞎说!你从哪儿听来的?"

"紫米告诉我的。"

"一定是她奶奶告诉她的。这个歪婆娘,入土半截了还管不住自己的一张嘴。"祖母把我拉到跟前,板着脸对我说,"这话以后对谁都不能讲,记住没有?"

我惊骇地点着头，一下子想到了面容平静的麻婆。我喜欢麻婆，一大把年纪了，依然能把自己收拾得素素净净的，麻婆的脸上也有很多皱纹，但是她的皱纹不难看。

5.麻婆

大概一个月以后,我们正在吃晚饭,秀琅慌慌张张地跑过来,让我祖母赶快过去,她爸和她奶奶吵架了。祖母放下饭碗就跟着秀琅出了门。我也丢下饭碗跟在后面,祖父让我回去,我没听他的,一扭头出了门。

我们到了豆腐店时,他们已经不吵了。麻婆坐在一张瘸腿的凳子上,身体直直的,一脸空寂的平静,眼泪流进了嘴里,双手十指交叉放在膝盖上。一点声音都没有。良生坐在斜对面的椅子上,抱着头,手指不停地抓挠。他的哭声很古怪,像哭又像笑,拖着长长的尾音。同样抱着头的蓝麻子,他倚着墙壁蹲在地上,一声不吭地抱着脑袋,嘴里叼着一根已经熄灭的烟卷,看见我祖母来了笑一下,又恢复了原状。桌子上的饭菜还冒着热气,三碟菜,稀饭和馒头。晚饭刚吃了一半。

"良生,又惹你妈生气了?"祖母说。

"他问我老默是不是他亲爹。"麻婆说,眼皮都没抬,那样子更像是自言自语。

祖母递给麻婆一条手巾,麻婆接过了,拿在手里。祖母说:"良生你都多大了,什么该问什么不该问心里就没个数吗?"

"我有数,我什么数都有!"良生把他的脑袋露出来,鼻涕眼泪挂了一脸,"我都快四十的人了,难道连知道自己的亲爹是谁的权利都没有么?你们知道外面的人怎么议论我?说我是修鞋匠的儿子,还说我是……说什么的都有。我在外面还怎么做人!"说完他又呜呜地哭起来。

"你不是做得好好的吗?"祖母生气了,开始训斥良生,"爹妈的话你不信,倒去相信别人的谣言!别人说你是从天上掉下来的,说你是从石缝砸出来的你也信?别人随口说过了就完事了,你倒捡来当宝贝了。良生你四十年的饭是白吃了!"

"是我不好,连累了良生。"麻婆幽幽地说。

"你有什么不好?"祖母说,"谁吃过你一半的苦?"然后对良生说:"良生你起来,向你娘赔个不是。当年不是为了养活你,你娘至于受那么多的罪吗?把你抱到花街时,你娘都快没命了!"

我听出来了,当年麻婆是抱着良生来到花街的。祖母说的那个大包袱,大概就是良生,但是他们为什么要骗我说麻婆当年抱的是一个大包袱呢。紫米说得没错,良生不是蓝麻子亲生的。

那个晚上的事就这么解决了,因为随后谁都没有再说什么。麻婆当年来到花街时的凄苦让良生无话可说。祖母帮着把冷掉的饭菜热了热，带着我和秀琅一家一起把剩下的晚饭吃完。吃过晚饭后，祖母让我和秀琅到裁缝店里玩，她陪麻婆拉拉家常。她们常常在一起拉家常，说一些当年的事，那些陌生的往事我多半听不明白，听了也只当是一个个好玩的故事。祖母什么时候回来的我不知道，我已经睡着了。

　　两天以后麻婆出事了，她喝了做豆腐的盐卤自杀了。盐卤是点豆腐用的，祖母说很多年前就经常有人喝盐卤自杀。当然麻婆没死成，幸亏蓝麻子发现及时。蓝麻子在裁缝店里和我祖父瞎聊，想起良生刚送给他的外地香烟，要拿来给我祖父也尝尝。他回到家里，发现卧室的门闩着，敲也没人应，就知道出事了。老默死了以后，他就发现麻婆有点不对劲儿，加上良生那天晚上闹了一场，他隐隐地担心麻婆会出事。蓝麻子急忙跑到我家，喊我小叔去撞门。门撞开了，麻婆衣衫整齐地躺在床上，旁边放着一个空掉的盐卤瓶。她要自杀。蓝麻子当时浑身都哆嗦了，抓着麻婆的手大声叫着她的名字，哭出一脸的泪。祖父从老歪的杂货铺里借了一辆三轮车，和我小叔帮着把麻婆抬上三轮车。小叔拼了命地踩，蓝麻子和我祖父跟在三轮车后跑，把麻婆送进了医院。又是灌肠又是洗胃，脱险了以后，医生出来对蓝麻子和我祖父说，还好送来得及时，再晚一点儿就没救了。

　　第二天麻婆的情况有所好转，我和祖母一起去医院看她。麻婆倚着枕头一个人坐在病床上。良生上班去了，蓝麻子带着秀琅下楼买水果去了。见到我们麻婆疲惫地笑了一下，说："姐，你来啦。"说完又恢复成一张空寂平静的脸。

"好点儿了吗？"祖母说，在她的病床边上坐下，"你怎么糊涂了。"

"我怎么不糊涂，姐，"麻婆握住我祖母的手，眼泪流出来，"这辈子我就没明白过。先前还不觉得，现在知道了，有些事必须要弄明白。老默死了以后我才明白过来。"

"别说这些伤心伤神的事了。养病要紧。"

"我得说说，老姐姐，我心里憋啊。老默就在老榆树下看了我半辈子，我一句话没说。"

"你还恨老默吗？"

"不知道，"麻婆说，"我还能恨谁呢？"

"良生真是老默的孩子？"

麻婆茫然地望着天花板，半天才说："让我再想想。"

祖母说："身子骨要紧，以后可不能再犯糊涂了。"

麻婆的微笑像一张空白的纸。"第一个孩子我打掉了，是老默的，他不要我，说我是做那种事的，他家里无论如何是不能容忍我的。一个孩子，可我哪里能养活得起。后来就是良生，我不能再打掉了，我舍不得，一块块都是揪心的肉啊。谁让我是做那种事的呢。后来老默又来了，还有别人。就有了良生。我不知道是谁的。可不管是谁的，都是我的孩子。我得把他养大成人。我到花街不就是为了养活一个孩子么。"

"过去了就别再想了。老默也死了。"

"他为什么要在花街看我这后半辈子呀？"

"老默放心不下你呗，"我祖母说，"他在向你赎罪啊。老默能看着你到死，他应该是高兴的。你就别瞎想了，人都死了。"

"就是因为老默死了我才要想明白。我得知道良生是谁的孩子。过去我以为不思不想就能过一辈子的，现在不一样了。麻子是个好人，一辈子没亏待过我。良生也没错，他应该知道。"

"别想啦。"祖母从我手里接过一个香蕉，剥了皮给麻婆，"先把它吃了。剩下的事以后再说。"

麻婆把香蕉又递给我，拍拍我的头说："以后常和秀琅玩。"她的手很瘦，皮肤是透明的。"我得想想，"她又说，"我得再想想。"

夕阳的暖光从窗外进来，病房仿佛悠悠地飘在安详的温暖里。麻婆坐在太阳光里，像一幅静止不动的陈年老画。我想起老默的葬礼上，同样是一片白，那里却是让人眩晕的冰冷。我先听到秀琅的声音，她和蓝麻子买水果回来了。

"嫂子来啦，快吃水果。"蓝麻子说着从袋子里拿出几个橙子来。

"不了，我得回去收拾一下做晚饭了。"祖母站起来说，"秀琅，到婆婆家吃晚饭去。"

秀琅看看我又看看蓝麻子和麻婆，走到麻婆的床边抓住了麻婆的手，一句话不说。

麻婆抽出手,摸着秀琅的脸说:"去吧,婆婆叫你呢。"

祖母又说了一些让她安心养病的话,就带着我和秀琅离开了病房。临走的时候,我看见麻婆向我们摇动透明的手。

很快麻婆就出院了。我和祖母去豆腐店看过她几次,每次都听到她对着祖母叹息,说怎么就想不明白呢。祖母就劝她,为什么要想明白呢,现在儿孙满堂一家人和和美美地过日子不是很好么。麻婆就勉强地笑了笑,不说话。

不几天,大约一个星期吧,我和秀琅、紫米下午放学回来,刚走到花街头上就听到一阵哭声。一个街坊急匆匆地往巷子里跑,见了我们说:"秀琅,快回家,你奶奶喝盐卤死了!"秀琅听了,抱住我放声大哭。

如果大雪封门

宝来被打成傻子回了花街,北京的冬天就来了。冷风扒住门框往屋里吹,门后挡风的塑料布裂开细长的口子,像只冻僵的口哨,屁大的风都能把它吹响。行健缩在被窝里说,让它响,我就不信首都的冬天能他妈的冻死人。我就把图钉和马甲袋放下,爬上床。风进屋里吹小口哨,风在屋外吹大口哨,我在被窝里闭上眼,看见黑色的西北风如同洪水卷过屋顶,宝来的小木凳被风拉倒,从屋顶的这头拖到那头,就算在大风里,我也能听见木凳拖地的声音,像一个胖子穿着四十一码的硬跟皮鞋从屋顶上走过。宝来被送回花街那天,我把那双万里牌皮鞋递给他爸,他爸拎着鞋对着行李袋比画一下,准确地扔进门旁的垃圾桶里——都破成了这样。那张小木凳也是宝来的,他走后就一直留在屋顶上,被风从那头刮到这头,再刮回去。

第二天一早,我爬上屋顶想把凳子拿下来。一夜北风掘地三尺,屋顶上比水洗得还干净。经年的尘土和杂物都不见了,沥青浇过的地面露出来。凳子卡在屋顶东南角,我费力地拽出来,吹掉上面看不见的尘灰坐上去。天也被吹干净了,像安静的湖面。我的脑袋突然开始疼,果然,一群鸽子从南边兜着圈子飞过来,鸽哨声如十一面铜锣在远处敲响。我在屋顶上喊:

"它们来了!"

他们俩一边伸着棉袄袖子一边往屋顶上爬,嘴里各叼一把弹弓。他们觉得大冬天最快活的莫过于抱着炉子煲鸡吃,比鸡味道更好的是鸽子。"大补,"米箩说,"滋阴壮阳,要怀孕的娘儿们只要吃够九十九只鸽子,一准生儿子。"男人吃够了九十九只，就是钻进女人堆里，出来也还是一条好汉。不知道他从哪里搞来的理论。不到一个月，他们俩已经打下五只鸽子。

我不讨厌鸽子，讨厌的是鸽哨。那种陈旧的变成昏黄色的明晃晃的声音，一圈一圈地绕着我脑袋转，越转越快，越转越紧，像紧箍咒直往我脑仁里扎。神经衰弱也像紧箍咒，转着圈子勒紧我的头。它们有相似的频率和振幅，听见鸽哨我立马感到神经衰弱加重了，头疼得想撞墙。如果我是一只鸽子，不幸跟它们一起转圈飞，我肯定要疯掉。

"你当不成鸽子。"行健说，"你就管掐指一算，看它们什么时候飞过来。我和米箩负责把它们弄下来。"

那不是算，是感觉。像书上讲的蝙蝠接收的超声波一样，鸽哨大老远就能跟我的神经衰弱合上拍。那天早上鸽子们的头脑肯定也坏了，围着我们屋顶翻来覆去地转圈飞。飞又不靠近飞，绕大圈子，都在弹弓射程之外，把行健和米箩气得跳脚。他们光着脚只穿条秋裤，嘴唇冻得乌青。他们把所有石子都打光了，骂骂咧咧下了屋顶，钻回热被窝。我在屋顶上来回跑，骂那些浑蛋鸽子。没用，人家根本不听你的，该怎么绕圈子还怎么绕。以我丰富的神经衰弱经验，这时候能止住头疼的最好办法，除了吃药就是跑步。我决定跑步。难得北京的空气如此之好，不跑浪费了。

到了地上，发现和鸽子们的关系发生了变化。它们其实并非绕着我们的屋顶转圈，而是围着附近的几条巷子飞。狗日的，我要把你们彻底赶走。这个场景一定相当怪诞：一个人在北京西郊的巷子里奔跑，嘴里冒着白气，头顶上是鸽群；他边跑边对着天空大喊大叫。我跑了至少一刻钟，一只鸽子也没能赶走。它们起起落落，依然在那个巨大的圆形轨道上。它们并非不怕我，我在地上张牙舞爪地比画，它们就飞得更快更高。所以，这个场景也可以被看成是一群鸽子被我追着跑。然后我身后出现了一个晨跑者。

那个白净瘦小的年轻人像个初中生，起码比我要小。他低着头跟在我身后，头发支棱着，简直就是图画里的雷震子的弟弟。此人和我同一步调，我快他快，我慢他也慢，我们之间保持着一个恒定不变的距离，八米左右。他的路线和我也高度一致。在第三个人看来，我们俩是在一块儿追鸽子。如果在跑道上，即使身后有三五十人跟着你也不会在意，但在这冷飕飕的巷子里，就这么一个人跟在你屁股后头，你也会觉得不爽，比三五十人捆在一起还让你不爽。那感觉很怪异，如同你在被追赶、被模仿、被威胁，甚至被取笑，你有一种莫名其妙的不洁感。反正我不喜欢，但他呼哧呼哧的喘气声让我觉得，这家伙也不容易，不跟他一般见识了。如果我猜得不错，他那小身板也就够跑两千米，多五十米都得倒下。他要执意像个影子粘在我身后，我完全可以拖垮他。但我停了下来。跑一阵子脑袋就舒服了。过一阵子脑袋又不舒服了。所以我自己也摸不透什么时候就会突然撒腿就跑。

第二天，我从屋顶上下来。那群鸽子从南边飞过来了，我得提前把它们赶走。行健和米箩嫌冷,不愿意从热被窝里出来。我迎着它们跑,一路嗷嗷地叫。它们掉头往回飞,然后我觉得大脑皮层上出现了另一个人的脚步声。如果你得过神经衰弱,你一定明白我的意思:我们的神经如此脆弱,头疼的时候任何一点小动静都像发生在我们的脑门儿上。我扭回头又看见昨天的那个初中生。他穿着滑雪衫,头发变得像张雨生那样柔软,在风里颠动飘拂。我把鸽子赶到七条巷子以南,停下来,看着他从我身边跑过。他跟着鸽群一路往南跑。

行健和米箩又打下两只鸽子。它们像失事的三叉戟一头栽下来,在冰凉的水泥路面上撞歪了嘴。煮熟的鸽子味道的确很好,在大冬天玻璃一样清冽的空气里,香味也可以飘到五十米开外;我从吃到的细细的鸽子脖还有喝到的鸽子汤里得出结论,胜过鸡汤起码两倍。天冷了,鸽子身上聚满了脂肪和肉。

如果我是鸽子,牺牲了那么多同胞以后,我绝对不会再往那个屋顶附近凑;可是鸽子不是我,每天总要飞过来那么一两回。我把赶鸽子当成了锻炼,跑啊跑,正好治神经衰弱。反正我白天没事。第三次见到那个初中生,他不是跟在我后头,而是堵在我眼前——我拐进驴肉火烧店的那条巷子,一个小个子攥着拳头,最大限度地贴到我跟前。

"你看见我的鸽子了吗?"他说南方咬着舌头的普通话。看得出来,他很想把自己弄得凶狠一点儿。

"你的鸽子?"我明白了。我往天上指,那群鸽子快把我吵死了。

"我的鸽子又少了两只！"

"要是我的头疼好不了，我把它们追到越南去！"

"我的鸽子又少了两只。"

"所以你就跟着我？"

"我见过你。"他看着我，突然有些难为情，"在花川广场门口，我看见那胖子被人打了。"

他说的胖子是宝来。宝来为了一个不认识的女孩，在酒吧门口被几个混混儿打坏了脑袋，成了傻子，被他爸带回了老家。他说的花川广场是个酒吧，这辈子我也不打算再进去。

"我帮不了你们，"他又说，"自行车腿坏了，车笼子里装满鸽子。我只能帮你们喊人。我对过路的人喊，打架了，要出人命啦，快来救人啊。"

我一点儿想不起听过这样咬着舌头的普通话。不过我记得当时好像是闻到过一股热烘烘的鸡屎味，原来是鸽子。他这小身板的确帮不了我们。

"你养鸽子？"

"我放鸽子。"他说，"你要没看见——那我先走了。"

走了好，要不我还真不知道怎么跟他说少了的七只鸽子。七只，我想象我们三个人又吃又喝打着饱嗝，的确不是个小数目。

接下来的几天，在屋顶上看见鸽群飞来，我不再叫醒行健和米箩；我追着鸽群跑步时，身后也不再有人尾随。我知道我辜负了他的信任，我不知道他是不是也明白这一点。因为不安，反倒不那么反感鸽哨的声音了。走在大街上，我对所有长羽毛的、能飞的东西都敏感起来，电线上挂了个塑料袋也会盯着看上半天。

有天中午我去洪三万那里拿墨水，经过中关村大街，看见一群鸽子在当代商城门前的人行道上蹦来蹦去，那鸽子看着眼熟。已经天寒地冻，年轻的父母带着孩子还在和鸽子玩，还有一对对情侣，露着通红的腮帮子跟鸽子合影。这个我懂，你买一袋鸽粮喂它们，就可以和每一只鸽子照一张相。我在欢快的人和鸽子群里看见一个人冰锅冷灶地坐着，缩着脑袋，脖子几乎完全顿进了大衣领子里。这个冬天的确很冷，阳光像害了病一样虚弱。他的头发柔顺，个头小，脸白净，鼻尖上挂着一滴清水鼻涕。我走到他面前，说：

"一袋鸽粮。"

"是你呀！"他站起来，大衣扣子刮掉了四袋鸽粮。

很小的透明塑料袋，装着八十到一百粒左右的麦粒，一块五一袋。我帮他捡起来。旁边是他的自行车和两个鸽子笼，落满鸽子粪的飞鸽牌旧自行车靠花墙倚着，果然没腿。他放的是广场鸽。我给每一只鸽子免费喂了两粒粮食。他把马扎让给我，自己铺了张报纸坐在钢筋焊成的鸽子笼上。

"鸽子越来越少了。"他说，又把脖子往大衣里顿了顿。

"你冷？"

"鸽子也冷。"

这个叫林慧聪的南方人，竟然比我还大两岁，家快远到了中国的最南端。去年结束高考，作文写走了题，连专科也没考上。当然在他们那里，能考上专科已经很好了。考的是材料加半命题作文。材料是，一人一年栽三棵树，一座山需要十万棵树，一个春天至少需要十三亿棵树，云云。挺诗意。题目是《如果……》。他不管三七二十一，上来就写《如果大雪封门》。说实话，他们那里的阅卷老师很多人一辈子都没看见过雪长什么样，更想象不出什么是大雪封门。他洋洋洒洒地将种树和大雪写到了一起，不知道从哪里找来的逻辑。在阅卷老师看来，走题走大了。一百五十分的卷子，他对半都没考到。

父亲问他："怎么说？"

他说："我去北京。"

在中国，你如果问别人想去哪里，半数以上会告诉你，北京。林慧聪也想去，他去北京不是想看天安门，而是想看到冬天下大雪是什么样子。他想去北京也是因为他叔叔在北京。很多年前林家老二用刀捅了人，以为出了人命，吓得当夜扒火车来了北京。他是个养殖员，因为跟别人斗鸡斗红了眼，顺手把刀子拔出来了。来了就没回去，偶尔寄点儿钱回去，让家里人都以为他发大了。林慧聪他爹自豪地说，那好，投奔你二叔，你也能过上北京的好日子。他就买了张火车站票到了北京，下车脱掉鞋，看见脚肿得像两条难看的大面包。

二叔没有想象中那样西装革履地来接他，穿得甚至比老家人还随意，衣服上有星星点点可疑的灰白点子。林慧聪出溜两下鼻子，问："这是鸡屎？"

"不，鸽屎！"二叔吐口唾沫到手指上，细心地擦掉老头衫上的一粒鸽子屎，"这玩意儿干净！"

林家老二在北京干过不少杂活，发现还是老本行最可靠，由养鸡的变成了养鸽子的。不知道他走了什么狗屎运，弄到了放广场鸽的差事。他负责养鸽子，定时定点往北京的各个公共场所和景点送，供市民和游客赏玩。这事看上去不起眼，其实挺有赚头，公益事业，上面要给他钱。此外你可以创收，一袋鸽粮一块五，卖多少都是你的。鸽子太多他忙不过来，侄儿来了正好，他给他两笼，别的不管，他只拿鸽粮的提成，一袋他拿五毛，剩下都归慧聪。吃喝拉撒衣食住行慧聪自己管。

"管得了么？"我问他。我知道在北京自己管自己的人绝大部分都管不好。

"凑合。"他说，"就是有点儿冷。"

冬天的太阳下得快，光线一软人就开始往家跑。的确是冷，人越来越少，显得鸽子就越来越多。慧聪决定收摊，对着鸽子吹了一曲别扭的口哨，鸽子踱着方步往笼子前靠，它们的脖子也缩起来。

慧聪住七条巷子以南。那房子说凑合是抬举它了，暖气不行。也是平房，房东是个抠门的老太太，自己房间里生了个煤球炉，一天到晚抱着炉子过日子。她暖和了就不管房客，想起来才往暖气炉子加块煤，想不起来拉倒。慧聪经常半夜迷迷糊糊摸到暖气片，冰得人突然就清醒了。他提过意见，老太太说，知足吧你，鸽子的房租我一分没要你！慧聪说，鸽子不住屋里啊。院子也是我家的,老太太说,要按人头算,每个月你都欠我上万块钱。慧聪立马不敢吭声了。这一群鸽子,每只鸽子每晚咕哝两声,一夜下来,也像一群人说了通宵的悄悄话,吵也吵死了。老太太不找碴儿算不错了。

"我就是怕冷。"慧聪为自己是个怕冷的南方人难为情,"我就盼着能下一场大雪。"

大雪总会下的。天气预报说了,最近一股西伯利亚寒流将要进京。不过天气预报也不一定准,大部分时候你也搞不清他们究竟在说哪个地方。但我还是坚定地告诉他,大雪总要下的。不下雪的冬天叫什么冬天。

完全是出于同情,回到住处我和行健、米箩说起慧聪,问他们,是不是可以让他和我们一起住。我们屋里的暖气好,房东是个修自行车的,好几口烧酒,我们就隔三岔五送瓶"小二"给他,弄得他把我们当成亲戚,暖气烧得不遗余力。有时候我们懒得出去吃饭,他还会把自己的煤球炉借给我们,七只鸽子都是在他的炉子上煮熟的。

"好是好,"米箩说,"他要知道我们吃了他七只鸽子怎么办?"

"管他!"行健说,"让他来,房租交上来咱们买酒喝。还有,总得给两只鸽子啥的做见面礼吧?"

我屁颠屁颠到七条巷子以南。慧聪很想和我们一起住,但他无论如何舍不得鸽子,他情愿送我们一只老母鸡。我告诉他,我们三个都是打小广告的。小广告你知道吗?就是在纸上、墙上、马路牙子上和电线杆子上印上一个电话，如果你需要假毕业证、驾驶证、记者证、停车证、身份证、结婚证、护照以及这世上可能存在的所有证件，拨打这个电话，洪三万可以满足你的一切要求。电话号码是洪三万的。洪三万是我姑父，办假证的，我把他的电话号码刻在一块山芋上或者萝卜上，一手拿着山芋或者萝卜，一手拿着浸了墨水的海绵，印一下墨水往纸上、墙上、马路牙子上和电线杆上盖一个戳。有事找洪三万去。宝来被打坏头脑之前和我一样，都是给我姑父打广告的。行健和米箩也干这个，老板是陈兴多。

"我知道你们干这个，昼伏夜出。"慧聪不觉得这职业有什么不妥，"我还知道你们经常爬到屋顶上打牌。"

没错，我们晚上出去打广告，因为安全；白天睡大觉，无聊得只好打牌。我帮着慧聪把被褥往我们屋里搬，他睡宝来那张床。随行李他还带来一只煺了毛的鸡。那天中午，行健和米箩围着炉子，看着滚沸的鸡汤吞咽口水，我和慧聪在门外重新给鸽子们搭窝。很简单，一排铺了枯草和棉花的木盒子，门打开，它们进去，关上，它们老老实实地睡觉。鸽子们像我们一样住集体宿舍，三四只鸽子一间屋。我们找了一些石棉瓦、硬纸箱和布头把鸽子房包挡起来，防风又保暖。要是四面透风，鸽子房等于冰箱。

那只鸡是我们的牙祭，配上我在杂货店买的两瓶二锅头，汤汤水水下去后我有点儿晕，行健和米箩有点儿燥，慧聪有点儿热。我想睡觉，行健和米箩想找女人，慧聪要到屋顶上吹一吹风。他很多次看过我们在屋顶上打牌。

屋顶上的风吹得很大,烧暖气的几根烟囱在远处冒烟,被风扯开来像几把巨大的扫帚。行健和米箩冲屋顶上挥挥手,诡异地出了门。他们俩肯定会把省下的那点儿钱用在某个肥白的身子上。

"我一直想到你们的屋顶上,"慧聪踩着宝来的凳子让自己站得更高,悠远地四处张望,"你们扔掉一张牌,抬个头就能看见北京。"

我跟他说,其实这地方没什么好看的,除了高楼就是大厦,跟咱们屁关系没有。我还跟他说,穿行在远处那些楼群丛林里时,我感觉像走在老家的运河里,一个猛子扎下去,不露头,踩着水晕晕乎乎往前走。

"我想看见大雪把整座城市覆盖住。你能想象那会有多壮观吗?"说话时慧聪辅以宏伟的手势,基本上能够观古今于须臾、抚四海于一瞬了。

他又回到他的"大雪封门"了。让我动用一下想象力,如果大雪包裹了北京,此刻站在屋顶上我能看见什么呢?那将是白茫茫一片大地真干净,将是银装素裹无始无终,将是均贫富等贵贱,将是高楼不再高、平房不再低,高和低只表示雪堆积得厚薄不同而已——北京就会像我读过的童话里的世界,清洁、安宁、饱满、祥和,每一个穿着鼓鼓囊囊的棉衣走出来的人都是对方的亲戚。

"下了大雪你想干什么?"他问。

不知道。我见过雪，也见过大雪，在过去很多个大雪天里我都无所事事，不知道自己想干什么。

"我要踩着厚厚的大雪，咯吱咯吱把北京城走遍。"

几只鸽子从院子里起飞，跟着哗啦啦一片都飞起来。超声波一般的声音又来了。"能把鸽哨摘了吗？"我抱着脑袋问。

"这就摘。"慧聪准备从屋顶上下去，"戴鸽哨是为了防止小鸽子出门找不到家。"

训练鸽子习惯新家，花了慧聪好几天时间。他就用他不成调的口哨把一切顺利搞定了。没了鸽哨我还是很喜欢鸽子的，每天看它们起起落落觉得挺喜庆，好像身边多了一群朋友。但是鸽子隔三岔五在少。我弄不清原因，附近没有鸽群，不存在被拐跑的可能。我也没看见行健和米箩明目张胆地射杀过，他们的弹弓放在哪儿我很清楚。不过这事也说不好。我和他们俩替不同的老板干活，时间总会岔开，背后他们干了什么我没法知道；而且，上次他们俩诡秘地出门找了一趟女人之后，就结成了更加牢靠的联盟，说话时习惯了你唱我和。慧聪说他懂，一起扛过枪的，一起同过窗的，还有一起嫖过娼的，会成铁哥们儿。好吧，那他们搞到鸽子到哪里煮了吃呢？

慧聪不主张瞎猜，一间屋里住的，乱猜疑伤和气。行健和米箩也一本正经地跟我保证，除了那七只，他们绝对没有对第八只下过手。

我和慧聪又追着鸽子跑。锻炼身体又保护小动物，完全是两个环保实践者。我们俩把北京西郊的大街小巷都跑遍了，鸽子还在少，雪还没有下。白天他去各个广场和景点放鸽子，晚上我去马路边和小区里打小广告，出门之前和回来之后都要清点一遍鸽子。数目对上了，很高兴，仿佛逃过了劫难；少了一只，我们就闷不吭声，如同给那只失踪的鸽子致哀。致过哀，慧聪会冷不丁冒出一句：

"都怪鸽子营养价值高。我刚接手叔叔就说，总有人惦记鸽子。"

可是我们没办法，被惦记上了就防不胜防。你不能晚上抱着鸽子睡。

西伯利亚寒流来的那天晚上，风刮到了七级。我和行健、米箩都没法出门干活，决定在屋里摆一桌小酒乐呵一下。石头剪刀布，买酒的买酒，买菜的买菜，买驴肉火烧的买驴肉火烧；我们在炉子上炖了一大锅牛肉白菜，四个人围炉一直喝到凌晨一点。我们根据风吹门后的哨响来判断外面的寒冷程度。门外的北京一夜风声雷动，夹杂着无数东西碰撞的声音。我们喝多了，觉得世界真乱。

第二天一早慧聪先起，出了屋很快进来，拎着四只鸽子到我们床前，苦着一张小脸都快哭了。四只鸽子，硬邦邦地死在它们的小房间前。不知道它们是怎么出来的，也不知道它们出来以后木盒子的门是如何关上的。喝酒之前我们仔细地检查了每一个鸽子房，确信即使把这些鸽子房原封不动地端到西伯利亚，鸽子也会暖和和地活下来的。但现在它们的确冻死了，死前啄过很多次木板小门，临死时把嘴插进了翅膀的羽毛里。

"你听见他们起夜没？"我问慧聪。

"我喝多了。睡得跟死了一样。"

我也是。我担保行健和米箩也睡死了，他们俩的酒量在那儿。那只能说这四只鸽子命短。扔了可惜，米箩建议卖给我们煮了吃。我赶紧摆手，那几只鸽子我都认识，如果它们有名字，我一定能随口叫出来，哪吃得下。慧聪更吃不下，他把鸽子递给行健和米箩，说随你们，别让我看见。然后走到院子里，蹲在鸽子房前，伸头看看，再抬头望望天。

拖拖拉拉吃完了早饭，已经十点半，慧聪驮着他的两笼鸽子去西直门。行健对米箩斜了一下眼，两人把死鸽子装进塑料袋，拎着出了门。我远远地跟上去。我知道西郊很大，我自以为跑过了很多街巷，但跟着他们俩，我才知道我所知道的西郊只是西郊极小的一部分。北京有多大，北京的西郊就有多大。

拐了很多弯，在一条陌生的巷子里，行健敲响了一扇临街的小门。这是破旧的四合院正门边上的一扇小门，一个年轻的女人侧着半个身子探出门来，头发蓬乱，垂下来的鬓发遮住了半张白脸。她那件太阳红的贴身毛衣把两个乳房鼓鼓囊囊地举在胸前。她接过塑料袋放到地上，左胳膊揽着行健，右胳膊揽着米箩，把他们搂到自己的胸前，搂完了，拍拍他们的脸，冷得搓了两下胳膊，关上了门。我躲到公共厕所的墙后面，等行健和米箩走过去才出来。他们俩在争论，然后相互对击了一下掌。

我对他们俩送鸽子的地方的印象是，墙高，门窄小，墙后的平房露出一部分房顶，黑色的瓦楞里两丛枯草抱着身子在风里摇摆。听不见自然界之外的任何声音。就这些。

谁也不知道鸽子是怎么少的。早上出门前过数，晚上睡觉前也过数，在两次过数之间，鸽子一只接一只地失踪了。我挑不出行健和米箩什么毛病，鸽子的失踪看上去与他们没有丝毫关系，他们甚至把弹弓摆在谁都看得见的地方。宝来在的时候他们就不爱带我们俩玩，现在基本上也这样，他们俩一起出门，一起谈理想、发财、女人等宏大的话题。我在屋顶上偶尔会看见他们俩从一条巷子拐到另外一条巷子，曲曲折折地走到很远的地方。当然，他们是否敲响那扇小门，我看不见。看不见的事不能乱猜。

鸽子的失踪慧聪无计可施。"要是能揣进口袋里就好了，"他坐在屋顶上跟我说，"走到哪儿我都知道它们在。"不怕贼偷就怕贼惦记，越来越少是必然的，这让他满怀焦虑。他二叔已经知道了这情况，拉下一张公事公办的脸，警告他就算把鸽子交回去，也得有个差不多的数。什么叫个差不多的数呢？就眼下的鸽子数量，慧聪觉得已经相当接近那个危险而又精确的概数了。"我的要求不高，"慧聪说，"能让我来得及看见一场大雪就行。"当时我们头顶上天是蓝的，云是白的，西伯利亚的寒流把所有脏东西都带走了，新的污染还没来得及重新布满天空。

天气预报为什么就不能说说大雪的事呢。一次说不准，多说几次总可以吧。

可是鸽子继续丢，大雪迟迟不来。这在北京的历史上比较稀罕，至今一场像样的雪都没下。慧聪为了保护鸽子几近寝食难安，白天鸽子放出去，常邀我一起跟着跑，一直跟到它们飞回来。夜间他通常醒两次，凌晨一点半一次，五点一次，到院子看鸽子们是否安全。就算这样，鸽子还是在丢。与危险的数目如此接近，行健和米箩都看不下去了，夜里起来撒尿也会帮他留一下心。他们劝慧聪想开点儿，不就几只鸽子嘛，让你二叔收回去吧，没路走跟我们混，哪里黄土不埋人。只要在北京，机会迟早会撞到你怀里。

慧聪说："你们不是我，我也不是你们；我从南方以南来。"

终于，一月将尽的某个上午，我跑完步刚进屋，行健戴着收音机的耳塞对我大声说："告诉那个林慧聪，要来大雪，傍晚就到。"

"真的假的，气象台这么说的？"

"国家气象台、北京气象台还有一堆气象专家，都这么说。"

我出门立马觉得天阴下来，铅灰色的云在发酵。看什么都觉得是大雪的前兆。我在当代商城门前找到慧聪时，他二叔也在。林家老二挺着啤酒肚，大衣的领子上围着一圈动物的毛。"不能干就回家！"林家老二两手插在大衣兜里，说话像个乡镇干部，"首都跟咱老家不一样，这里讲究适者生存、优胜劣汰。"慧聪低着脑袋，因为早上起来没来得及梳理头发，又像雷震子一样一丛丛站着。他都快哭了。

"专家说了,有大雪。"我凑到他跟前,"绝对可靠。两袋鸽粮。"

慧聪看看天,对他二叔说:"再给我两天。就两天。"

回去的路上我买了二锅头和鸭脖子。一定要坐着看雪如何从北京的天空上落下来。我们喝到十二点,慧聪跑出去五趟,一粒雪星子都没看见。夜空看上去极度的忧伤和沉郁,然后我们就睡了。醒来已经上午十点,什么东西抓门的声音把我们惊醒。我推了一下门,没推动,再推,还不行,猛用了一下劲儿,天地全白,门前的积雪到了膝盖。我对他们三个喊:

"快,快,大雪封门!"

慧聪穿着裤衩从被窝里跳出来,赤脚踏入积雪。他用变了调的方言嗷嗷乱叫。鸽子在院子里和屋顶上翻飞。这样的天,麻雀和鸽子都该待在窝里哪儿也不去的。这群鸽子不,一刻也不闲着,能落的地方都落,能挠的地方都挠,就是它们把我们的房门抓得嗤嗤啦啦直响。

两只鸽子歪着脑袋靠在窝边,大雪盖住了木盒子。它们俩死了,不像冻死,也不像饿死,更不像窒息死。行健说,这两只鸽子归他,晚上的酒菜也归他。我们要庆祝一下北京三十年来最大的一场雪。收音机里就这么说的,这一夜飘飘洒洒、纷纷扬扬,落下了三十年来最大的一场雪。

简单地垫了肚子,我和慧聪爬到屋顶上。大雪之后的北京和我想象的有不小的差距,因为雪没法将所有东西都盖住。

高楼上的玻璃依然闪着含混的光。但慧聪对此十分满意,他觉得积雪覆盖的北京更加庄严,有一种黑白分明的肃穆,这让他想起黑色的石头和海边连绵的雪浪花。他团起一颗雪球一点点咬,一边吃一边说:

"这就是雪。这就是雪。"

行健和米箩从院子里出来,在积雪中曲折地往远处走。鸽子在我们头顶上转着圈子飞,我替慧聪数过了,现在还勉强可以交给他叔叔,再少就说不过去了。我们俩在屋顶上走来走去,脚下的新雪蓬松温暖。我告诉慧聪,宝来一直说要在屋顶上打牌打到雪落满一地。他没等到下雪,不知道他以后是否还有机会打牌。

我也搞不清在屋顶上待了多久,反正肚子饿得咕噜咕噜叫。那会儿行健和米箩刚走进院子。我们从屋顶上下来,看见行健拎着那个装着死鸽子的塑料袋。

"妈的她回老家了。"他说,脚对着墙根一阵猛踹,塑料袋哗啦啦直响,"他妈的回老家等死了!"

米箩从他手里接过塑料袋,摸出根烟点上,说:"我找个地方把鸽子埋了。"

这些年我一直在路上

1

　　车到南京，咳嗽终于开始猛烈发作，捂都捂不住，嗓子里总像卡着两根鸡毛。他间隔两三分钟钻到被子里用力咳一次，想把鸡毛弄出来，可是刚清爽几秒钟鸡毛又长出来，只好再钻进被子里。现在凌晨刚过十分钟，车慢下来，南京站的灯光越来越明亮地渗入车厢里。其余五张硬卧上的乘客都在睡觉，他在左边的中铺上坐起来，谨慎地伸手去够茶几上的保温杯。喝点热水润一润会管点用，这是慢性支气管炎患者的日常经验。中铺低矮的空间让他不得不折叠起上半身，嗓子眼里的鸡毛随之至少被折断了一根，现在成了三根，或者更多，痒得他不由自主猛咳起来，一口水喷了满床。下床和侧上床同时翻了个身，各自用方言嘀咕了一句，即使听不懂他也知道两人在表达同一个意思。他很惭愧。也许此刻所有人都没睡着，他几乎不间断地咳嗽和清嗓子，还有擦鼻涕，该死的感冒。他捏着嗓子慢慢滑进被子里，忍住，他跟自己说，忍住，一定要他妈的忍住,直到平躺下来然后咳嗽神奇地消失。他忍出了一身的汗。

但是躺下来后他绝望地发现鸡毛在长大,像蒲公英一样蓬松地开放,像热带雨林里的榕树见缝扎根,从气管往下,整个胸腔乱糟糟地灼辣。胸闷,通常的症状之一,他想象那些根须正在布满胸腔。他想从肋骨中间把自己扒开,有一扇门很重要,让大把大把的氧气清爽地吹进来。是啊,上半身很重,像炉膛里烧了半黑半红的一块大铁砣。他后悔出门时没带常备药,后悔昨天晚上洗的那个忽冷忽热的淋浴。为什么价格便宜的旅馆里的热水器从来都不能他妈的正常工作呢?他简直要哭出来。

车子抖动一下,缓缓开动,窗外南京站午夜的小喧闹沉寂下来。一忍再忍他还是咳出来,堪称大暴发,动静之大让他的头和脚同时翘起来,身体在床板上颠动了一下。这声咳嗽几乎要把喉咙撕破。斜下床的男人用标准的普通话骂了一句。他哑着嗓子说对不起,趁机又连咳了两声。上铺的脚后跟磕一下床板,一个五十开外的女教师,她知道烦躁也可以文明一点。

他捂着胸口侧身向外,南京站的灯光越来越淡。他看见对面中铺的床头闪着两个黑亮的点,然后那两个亮点升起来,是中铺的眼。那个十二个小时里没出过声的女人,右胳膊肘支撑着欠起身,用手机照亮床头的包,拿出两个小瓶子,晃动一下,哗啦哗啦微小地响。她压低声音说:

"药。治感冒和咳嗽。"

因为长久没有说话,她的声音空洞虚飘,像一声叹息。

吞下三粒胶囊,还药瓶时他难为情地说:"这趟路有点长。"

跟路途长短没关系,再长远的路他都走过。躺下时他对幽暗的上铺床板歉意地笑了笑,除了感谢之外,他一直没学会怎样才能和一个陌生的年轻女人多说上几句话。这个女人三十岁左右,披肩烫发,染成淡黄褐色,眉形很好,白天一直坐在窗边支着下巴向外看,面部侧影像某个他叫不上名字的电影明星。整个白天她都保持那个姿势,右腿叠在左腿上。他认为那是发呆。他对她的印象就这么多。那个女人不爱说话,他也不爱说话,沉默的人在喧嚣的车厢里总是形同虚设。

十分钟后药效出来了。从嗓子眼往下,一寸一寸开始轻松,如同浓雾从身体里缓缓散去,身体一点点变轻。火车的颠簸让他以为自己漂浮在水上。他闭着眼看见火车穿过茫茫黑夜,如果黑暗不是水,如果忽略床板的托举,他觉得用"悬浮"这个词更合适。悬浮在黑夜里,疾速向前,感觉很好。他把脑袋歪向车厢隔板,睡着之前他想,这些年我一直在路上。

2

  这些年他一直在路上，之前多少年几乎一动不动。静止不是个好习惯，会让别人生厌。静止能有什么乐趣呢？当初前妻说，在一个后现代的大城市，安静地生活就是犯法。前妻的逻辑他理解起来一直有困难，难道在北京和上海这种地方，每天都得跳着脚过日子？他每天从床上下来的那一刻起，几乎都是双脚同时着地，然后吃早饭，坐地铁10号线上班。单位恰好也在十四站之后的地铁口旁边，他为此感谢很多人，设计地铁的，修地铁的，给单位选址的若干任前领导，以及设计施工建造单位大楼的所有人，他连马路都不要过。过一次马路你知道多麻烦吗，你不知道，那么多行人和车辆，红灯停绿灯行，这个世界上的红灯永远比绿灯多。中午在单位食堂吃，只要下楼走五十米，服务员把饭菜都放进你的托盘里，继续上班。他双脚垂地坐在办公桌前，偶尔一只脚着地那是为了更舒服一点跷起二郎腿，但是医学研究证明，跷二郎腿对身体其实有害，他就把那只脚放下来；除了去洗手间、会议室和同事们的办公室，在单位他几乎都找不到走路的机会。然后下班，坐10号线回家，路上看报纸、杂志或者字帖；他好书法，小时候在私塾出身的祖父的指点下练了点童子功，这些年一直没放弃，拿起毛笔他觉得自己丰富安宁，仿佛需要对生活感恩。但是，老婆说，咱们的生活乏味成这个样子，你就不能动一动吗？

那时候还不是前妻，等出了民政局的门，刚成了前妻的她说：

"爱动不动吧。"

前妻爱动，有点时间就折腾，逛街、美食、美容、旅游、看演出，反正只要不在家里就高兴。开始还动员他一起去，他也去，但明显动起来很不在状态，她也就意兴阑珊了。你就在家待着养老吧，她一个人出门，咔咔咔到这儿，嚓嚓嚓又到那儿，忙着在网络上搜集能让她出门的理由，或者找一帮驴友，背包、登山鞋、拐杖、野外帐篷，满地球乱跑。他不反对她像吃了兴奋剂一样到处跑，只要你觉得开心，我尊重你多动症似的自由，愿意上月球我能帮的一定也帮你。但是她对他不爱出门看不惯，一会儿说，你才有病呢，明天我带你去医院看看？一会儿说，我怎么一开门就觉得家里坐着个爹啊，说我爹还夸你年轻了，应该是我爷爷。

出门还是待在家，就此问题他们争论过无数次，离婚前的一个夏天晚上吵得最烈。正吃晚饭，电视开着，一个烂得不成样子的电视剧里，一对年轻夫妇在收拾家伙，准备去西藏旅游。他们兴致很好，连三岁的儿子都对着镜头做出冲锋陷阵状，奶声奶气地喊：看牦牛去，耶！老婆嘟起嘴用下巴指电视，说："看看人家，孩子都那么大了。"

她的意思是，人家孩子都三岁了，还见缝插针往西藏跑。这不是最好的榜样，最好的榜样是八十岁的老两口还相约环游世界，而他们结婚只有三年。

窗外就是大马路，二十四小时里每一分钟都闹闹哄哄，为了阻挡喧嚣，装修时他在阳台装了双层隔音玻璃窗。他懒得出门，见到人声鼎沸他就烦，更懒得出远门来更大的折腾。他也不愿意吵架，所以就笑笑，推开饭碗去书房练字。老婆定了规矩，饭后半小时不能坐，便于消化，不长肉。他正好用来站着练字。刚把纸摊开，老婆跟进来。

"忘了告诉你，"她说，"名报了，两个人。"

"不是说好我不去的吗？请不出假。"

她的单位组织去海拉尔，每人可以带一个家属。大部分都带，同事们就怂恿她，老公都搞不定，要不我们借你一个？她有点火。

"请过了。你们副总说没问题。"

他扭过头看她，真行，我的领导你都能搞定。"可我不想跑。"

"这一回，是个死尸我也要把你抬上车。"

他坐下来。

"站起来！饭后半小时别坐着。"

"能不能别让我按你的规划过日子?"

"一次也不行?"

"真不想去。想到出门我就头晕犯恶心。"

老婆的火苗就在这时蹿了上来,猛一拉毡子,毡子带着砚台飞起来,墨汁泼了他一头脸,圆领白T恤前胸染了一摊黑。这T恤是她去年参加三亚旅游团送的,后背上印着蓝色手写体:想来想去,明年夏天还得来三亚。

他抖着滴滴答答往下掉墨汁的T恤,血往头上升。"跟你怎么就说不清楚呢!我不想折腾!"

"那是你有病!你怕出门撞见鬼吗你?"

"哪儿跟哪儿呀这是?你才有病!除了睡觉吃饭,一天你在家待几分钟?过两天安静日子会死啊?"

"安静?可笑!就是个缩头乌龟,还蹲家里冒充作家!"

你跟她永远说不清楚。他当时想,我平心戒躁,这也错了?他想跟她讲道理,但是这道理结婚以来每年要讲三百六十六次,他们还要为此吵第三百六十七次。他突然觉得无话可说,转身去卫生间对着水龙头冲了头脸,湿漉漉地出了门。他想不通一年有如此多的架要吵,为同一件莫名其妙的事。他听见老婆在身后喊:

"整天缩家里,谁知道脑子里出了什么猫腻!"

越简单的事情越难办,所以这个问题他们翻来覆去地吵。从她的单位旅游通知下来开始,半个多月几乎每天都要为此辩论,越扯越多,已经上升到精神疾病和世界观、人生观的高度。他不想争论并非惧怕老婆对他头脑和什么观的指责，而是惧怕吵架本身。每次吵架都让他陡生对婚姻和生活的虚无和幻灭感，刚刚积累出来的过日子的热情被一阵大风全刮走了。究竟是什么东西让一对发誓要在一起生活一辈子的人没事就翻脸，只是动和静的问题？或者热爱喧哗还是安静的问题？这些问题足以摧毁连一生都不惜拿出来献给对方的婚姻和家庭？他难以理解。吵架时他觉得两个人连陌生人都不如。他希望和而不同，而不是吵架、吵架、吵架和吵架。

如他所料，即使在晚上七点钟马路上也堵车，很多车在红灯底下摁喇叭。骑电动车和自行车的人，公然在斑马线上闯红灯，步行者因此得到鼓励，向已经被迫慢下来的车做停止手势，停。司机愤怒地拍着喇叭骂娘。喝醉酒的两个男人一路骂骂咧咧。母亲在扇小儿子的耳光。拾荒的老太太跟在喝康师傅绿茶的小伙子身后，等他喝完最后一口以便捡到空瓶子。理发店的音响开到最大，循环唱《月亮之上》。遛弯的小狗长得像只老鼠，盯着一个穿红色高跟凉鞋的女孩一直叫。

还有很多。噪声在城市夜幕垂帘时终于聚到了一起，多余的精力必须在当天耗尽。如此之乱。这正是他不能忍受的地方。他待在家里，关上双层隔音玻璃窗，世界才能静下来。出小区门向右拐，再向右拐，一大群人从一个门里涌出来。他竟然习惯性地要往地铁里去，似乎出了家门只有这一条路可走。他茫然地站在路边，头顶的路灯蚊虫缭绕，他在路边坐下来，马路牙子现在依然滚烫。抽了一根烟，想到另外一个小区旁边的小公园，那里会清静点。他一路抖着被染黑的湿T恤，像个行为艺术家，墨汁溅出了一只大写意的翅膀。

公园里人也不少，好在花木多，曲径回廊，明暗闪烁，如果坐下来你还是能感觉到这地方可以一直坐下去。喷泉开了，他过去想看看水。周围的花园墙上坐着家长，好几个孩子在不断变换形状的喷泉里钻来钻去。水柱淋透他们全身，孩子们很高兴，在这个城市，如果不进游泳馆，你能看到水的地方只有自己家里细长的水龙头。他小时候在农村，屋后就是一条长河，夏天总要发一场大水，他喜欢用脚摸着被漫过的石桥走到对岸，然后再走回来。而这是没见过大水的一代。他们见到一个喷泉就如此开心，不管父母的责骂，一不留神就钻到水柱底下，一个个喷嘴踩过去，在水中相互追赶。水花清凉，浇在身上会比淋浴舒服一千倍，他们开心得嗷嗷叫。

他在穿拖鞋的家长们旁边坐下，一个大肚子的男人说："你那衣服，洗洗？"他笑笑。

又一个男人说："要是我，就洗。"

一个短头发的女人说："不洗穿着多难受。"

另一个女人附和。

城市迫使他们学会了矜持。一个成年人不能随便在众目睽睽之下淋湿自己，这是身份和教养，顺其自然将被认为是矫情；虽然他们可以当着陌生人偶尔抠一下酸腐的脚丫子，喜欢在沙滩短裤里面不穿内裤，但是此刻他们希望有个人能代替他们冲进水柱中间。如果没有更多人取笑，他们将会因为他的献身而感同身受，我们知道，水的确是个好东西，尤其在这个闷热的夏夜里；如果超过半数的人因他的行为感到难为情，那么我们有充分的理由认为他就是一个傻子。一个超过三十岁的傻子，他与小孩为伍，而且胸前正往下流黑水。

水柱穿过T恤变成黑色，他踩着最黑的乌云在喷泉里走。遥远的地方传来雷声，天气预报说，今天夜间到明天，城市西北部有阵雨。他真就钻进了喷泉里，跟他们怂恿无关，而是因为怀念家后面的那条河。他把T恤张开，姿势像撩起衣襟讨饭的乡下人。白T恤开始变白，曹素功牌墨汁也经不住坚硬的水流冲洗。水打到皮肤上感觉好极了，他把脑袋放到一根水柱上。有人对他指指点点，他听不见是褒还是贬，此时水声巨大，仿佛长河里在涨水。

3

早上醒来第一件事是咳嗽,药效过了。那个女人坐在窗口往外看,杨树和柳树一棵棵往后闪,她的姿势没变。听见他咳嗽,她站起来到床头打开包,递给他昨天夜里的那两个小药瓶。就算只为了这陌生的药,他也坚持请她去餐车吃早饭。

他们面对面坐在餐桌前,她说:"别客气,出门在外。说会儿话吧。"

"我以为你不爱说话。"

"我是不爱说话,"她在牛奶杯子里转动汤匙,"可我有一肚子想说。"

"那你说,我听着。"他转过脸咳嗽一声。

"你先说。"

"一受凉就带起支气管炎,"他说,"说咳嗽你不介意吧?"

她的汤匙敲三下杯子。什么都行。

他就说，一天晚上我从公园里回来，躺在楼下的凉椅上睡着了。我在公园的喷泉里把T恤洗干净了，和从三亚带回来时一样白。我把自己淋了个透，像小时候我爸给我理完头发，我穿着衣服一个猛子扎进夏天的长河里，露出脑袋时我就觉得水把我浸透了。

她的汤匙又敲三下杯子，请继续。

因为刚和老婆吵过架，他下意识地盯着过往行人的脸，那些晚归的人步行、骑车乃至小跑，他在他们脸上无一例外看到归心似箭的表情。他们往家赶，而他不想回，风穿过湿衣服，他有点累。小区楼下有一溜凉椅，明亮处坐着乘凉的老头老太太，靠近树丛的阴暗处坐着年轻的男女。情侣的坐姿总是不端正，一个躺在另一个的怀里，相互咬着耳朵说话。他在靠近小区门的椅子上躺下，连绵不绝的车辆从十米之外的马路上跑过。

"他们一定家庭和睦、生活幸福。"他像她一样敲了三下汤匙，"当时我想，美好的生活来之不易，如果她下楼来找我，哪怕她一声不吭地站在凉椅前，我一定和她回去，跟过去一样就当结婚三年一次脸都没红过。过去吵架我出门透气，一个小时后她会打我手机，只响三声。三生万物，代表无穷多。但那晚我湿漉漉地出门，忘了带手机。"

"她找你了？"她问。

他摇摇头说，我在凉椅上睡着了。

向来入睡艰难，在凉椅上睡得却很快，而且突然没了眠浅的毛病。雷声滚过来他没听见,所有人都走光了他也不知道。他睡啊睡,梦见大河漫过身体,他如鱼得水。一个鲜红的球状闪电落下来,半条河剧烈晃动一下,吓得他呛了两口水,他在水里开始咳嗽。因为咳嗽他醒过来,还躺在凉椅上。雨下得那么大我竟然一点感觉都没有,这很奇怪。你不相信?那闪电是真的,第二天我去坐地铁,看见地铁站旁边那棵连抱的老槐树被劈成两半,一小半倒在地上。老槐树的肚子里已经空了,站着的主体部分像一个人被扒开了胸腔。没错,我咳嗽了。那场大雨把我浇出了感冒,支气管炎跟着发作,在地铁里我咳嗽了一路。

"你回家时她在干吗?"

"开着电视睡着了。"他咳嗽两声,"我冲了个热水澡,在书房沙发上睡了一夜。要早点吃药就好了,我断断续续咳了三个月。婚离完了还没好利索。"

"海拉尔呢?"

"没去。先生,我们可以在餐车多待一会儿吗?"

服务员挥挥手,没问题。

"我去抽根烟。该你了。"

他从餐车顶头抽完烟回来,她在敲空杯子。"真不知道从哪里开始好,"她看着窗外,火车正穿过一个小镇,"就说为什么我坐在这车上吧。"

一个月一次,这是第七次。她去看她老公,他被关在一座陌生城市的看守所里。看守所在城郊,高墙上架着铁丝网,当兵的怀抱钢枪在半空里巡逻。他们不让她进，量刑之前嫌疑人不得与任何人见面。她不太懂监狱里的规矩，执意要进，她说我就看看我老公，你看我带了他最爱吃的捆蹄，用的是最好的肉，还有烟，除了"白沙"他什么烟都不抽。门卫说不行。她就央求，泪流满面，门卫还说不行。到后来门卫说，大姐，求你了，你这么哭我难受，我真帮不了你，你再哭我也要哭了。那小伙子二十出头，离家没几年，晒得跟铁蛋一样黑。她没理由让人家跟着她哭，就把捆蹄和白沙烟放在大门口，一个人离开了。门卫让她带走，她没回头，一直走到很远的一块荒地上，一屁股坐下来放声大哭。在野草地里哭，谁都听不见。

哭完了，人空掉一半，她在城郊的一家小旅馆住下来。只住两天，她没办法跟单位请更长时间的假。每天一大早来到看守所门口，不让进，她就像个特务似的在看守所周围转悠。她听见里面很多人在喊号子，她努力在众多声音里分辨丈夫的声音。他的声音饱满，上好的男中音，不过现在可能已经因为不自由变得沙哑。她觉得她听出了众多声音里的那个声音发生的变化，即使沙哑，它在所有声音里也最为明亮，像天上唯一的一道闪电。

前三次他们都不让她进，晒得一般黑的小伙子们口径一致，她的哭喊和央求没有意义。他们说，你得再等等，判过就可以了。她宁可不判，她也不想等，她对他们说，我老公是冤枉的。他们板着脸不说话，冤不冤枉谁说了都不算。她只能等。你不必每个月都来，有结果自然会通知你，打你的电话。

但她还是来了,第四次。不再哭诉,而是围着看守所转了一圈后,步行进入了这座陌生城市的内部。她像一个观光客,决定把这里的每一个地方都走遍。

第五次。第六次。第七次。这当然不是旅游的好地方。

"对这个城市,"她说,"跟我对自己家一样熟悉。我有白沙烟,你抽吗?不往下咽就不会咳嗽。"

他们来到餐车顶头,倚着车厢斜对面一起抽白沙烟。火车咣当咣当,节奏平稳,可以地老天荒地响下去。

"见不到人,你去那里意义何在?"

"到那里,我才会觉得他还好好的,心里才踏实。"她吸烟时手指和嘴唇的动作不是很舒展,是个新手,"夫妻有心灵感应,你不信?他在里头一定也能感觉到,我在等他出来。你真不信?"

他狠吸了两口烟,火走得疾,烫到了食指和中指。他用鼻子笑了一声:"怎么感?"

"如果你爱她,你就感觉得到。对不起,我是说,我。"

"没事,我努力感应自己吧。我和自己相依为命。"他笑笑,掐掉烟,"希望他早点出来。"

"我老公是被冤枉的,我说了!他什么都不知道,他只是个司机!我必须跟你说清楚,我老公是清白的。他只是个司机,每天勤勤恳恳地坐在驾驶座上,反光镜拨到一边,局长在后面做任何事他都看不见。他开车时喜欢在脑子里唱歌,他的实现不了的理想是到乐团唱男中音,所以局长对着手机说什么他一句都听不见。我们生活很好,两个人的工资足够我们养活好一个五岁的女孩,可以送她进一个不错的幼儿园,请教声乐的大学老师每个星期辅导一次,我们甚至打算给她买一架好一点的钢琴。我们没有途径腐败,也不会去腐败,局长的案子和他一点关系都没有!你不信?哦,对不起,我有点激动,五个月了我从来没和别人说过这么多话。不管是陌生人还是我爸妈。他们永远都不会相信一个清白的人也会进监狱。他们从开始就不赞同我和他在一起。"

"你们的感情很好,"他说,"可以再给我一根白沙吗?"

"很好。"她把烟盒递过来,顺便也给自己点上一根新的,"二十三岁嫁给他,工作第一年。爸妈不同意,把我反锁在家。半夜里我跳了窗户跑到他宿舍,只带了三件换洗衣服。我说我来了,这辈子你都不能赶我走。他说好,就算山洪暴发冲到屋里,我也抱着你一起死。"她开始掉眼泪,没哭的时候她难过,眼泪出来时她很幸福,"我知道他,比知道自己还知道。他是冤枉的。"

"没准下个月他就出来了,"他安慰说,"一清二白,和过去一样,星期天你们可以带孩子去学唱歌。"

她把眼泪流完,用湿纸巾擦过后补了一点妆,为了不让第三个人看见她的悲伤。"我要下车了,"她说,"谢谢你听我哭诉。"他连着咳嗽了一串子。她从包里拿出小药瓶:"你还要赶路,这个带上。"

"谢谢。能否给我个电话?下次我来看你。"

"不必了,我们只是碰巧在一节车厢。"

"别误会,我只是想,我们可以在电话里说说话。希望你老公一切都好。"

她在餐巾纸上写下名字和手机号。

4

那座山城有个好听的名字,城市环山而建,长江从城市脚下流过。火车重新开动,他坐在窗前她一直坐的位置,用她的眼光看见城市缓慢后退。他喜欢这个陌生的城市,山很高,楼很低,层叠而上,所有坐在房间里的人都能在晴天照到阳光。他想象那个女人拎着箱子走到家门口,打开,进去,女儿也许在家,也许不在家;即便只有一个人,这也是个美满的幸福家庭,因为另外两个人分别都被装在心里。

这是前年十月的事。他咳嗽好了以后依然常在路上,但已经养成了随身带药的习惯,为了在陌生人需要时能够及时地施以援手。他俨然成了资深驴友,当然是一个人,拉帮结伙的事他不干。有时候一个人躺在车上他会觉得荒唐,离婚之前让他出门毋宁死,现在只要有超过两天闲着,他就会给自己选择一个陌生的去处。为了能经常出差,他甚至跟领导要求换了一个工作。过去认为只有深居简出才能躲开喧嚣;现在发现,离原来的生活越远内心就越安宁，城市、人流、噪音、情感纠葛、玻璃反光和大气污染等等所有莫名其妙的东西，都像盔甲一样随着火车远去一片片剥落，走得越远身心越轻。朋友说，你该到火星上过，在那儿你会如愿以偿成为尘埃。他说，最好是空气。

开始他只想知道前妻为什么像不死鸟一样热衷于满天下跑，离了婚就一个人去了海拉尔。他强迫自己把这里的每一个地方都走遍。漫长的海拉尔一周。回家的那晚，火车穿行在夜间的大草原上，这节车厢里只有他一个人，他把窗户打开，大风长驱直入，两秒钟之内把他吹了个透。关上窗户坐下来把凉气一点点呼出来，他有身心透明之感，如同换了个人。他的压抑、积虑和负担突然间没了，层层叠叠淤积在他身体里的生活荡然无存。在路上如此美妙。

他怀疑错怪了前妻，在火车上给她打电话："如果你还想去海拉尔，我陪你。"

"跟你这种无趣的人？"前妻听不到火车声，"拉倒吧。我还不如去蹦迪呢。"

他明白了，她要的是热闹，是对繁华和绚烂的轰轰烈烈的进入，而他想从里面抽身而出。在认识之前，他们就已经是一对敌人了。谁也不能未卜先知，那时候他们对所有差异、怪癖和困难都抱以乐观，以为那是生活不凡的表征。好了，差异如果不能在相互理解中互补，那它只能是尖刀和匕首，一不小心就自己出鞘。

两年里再次经过这座城市,他想下车看看送他咳嗽药的人。去年他也经过一次,广播里说,一个半小时后到达那里。在这一个半小时里他给她打了五个电话,快到站时她才接电话:出门送孩子了,刚回来。她说她很忙,见面就免了吧。

"喝个茶的时间总有吧?"那时候他在电话里说。

"真没有,家里一团糟。"

"出事了?你老公呢?"

"没事,他很好。我是说,家里乱糟糟的。"

她把"一团糟"置换成"乱糟糟"。她的态度没有前两次好。两年里通过两次话,时间都不长,身体一不舒服他就想起这个送咳嗽药的女人。他不擅长东拉西扯,对方对东拉西扯似乎也没兴趣,只能寒暄几句,他坚持说感谢的话。通话中他了解到,她老公在第八个月就从看守所里出来了,案子跟他无关。他把衣服撩起来给老婆和亲戚朋友看,老子清清白白,还是弄了一身的伤,这他妈什么世道啊!但凭这一身伤他升了,从司机变成了副主任。那时候她的情绪不错,在电话里学老公如何炫耀伤口。

"半小时也不行?我顺道。"

"下午忙。我老公一会儿就回来。再见。"

"我没别的意思——"

她已经把电话挂了。车也到了站,他犹豫一下,还是没下车。

这一次他决定先下了车再说。车站不大,古旧的建筑和石头地面,实实在在的方块石头,踩着摸着让他觉得天下太平。长江在斜下方像一面曲折流淌的镜子,青山绿水千万人家。拨她的手机,被叫号码已停机。他愣了,在这个想象过很多次的山城里,突然发现自己与这个世界失去了联系,你是个陌生人。这些年旅行都散漫随意,来到这个城市却不是,所以有点不知所措。他在车站广场的石头台阶上坐下来,抽了两根烟才定下神,然后拖着行李箱去找旅馆和饭店。

午觉半小时,在梦里想起她曾说过工作比较清闲,因为买书的人不多。他就去了新华书店。这个城市有三家像样的书店,问到第二家,果然她是在那里做会计,不过已经是一年前的事了。

"你说她呀?"财务室里的一个五十岁左右的阿姨清冷地说,"早走了,航道处。谁愿意待这鬼单位。"

那阿姨对书店的前景很悲观,没几个人看书了。幸亏教材教辅还有学生买,要不就得下水喝长江了。她对她的调动充满艳羡,所以冷嘲热讽怎么都克制不住。航道处多好啊,谁让人家嫁了个好男人呢。

对,她嫁了个好男人。老公从司机变成领导,副主任也是个顶用的官,把她弄走啦。

5

航道处在隔两条街的一座小楼上。作为会计，当时她不在班上。财务重地，闲人免进。他只能在走廊里等，抽烟要去公用洗手间。坐在马桶盖上他努力想象两年后她会是什么模样，夹着烟的手指因此有点抖。也许应该早一点就来看她。山上的时间走得慢，即使这也是在城市里，他甚至感到了煎熬，每一口下得都很猛，烟吸得比过去快。从洗手间出来，他看见一个年轻时髦的女人从走廊拐角处走过来，拎着一个小坤包和一个时装袋，满楼道都是高跟皮鞋击打水磨石地面的声音。她的时髦近于妖娆，头发盘在脑后，因为浓妆和清瘦，脸显得极不真实。他不能肯定她是否瞥过自己一眼就进了财务室，很快她又出来，站在门口看他，拎纸袋的右手向上抬了抬：

"是——你？"

他盯着她的脸看，终于从两只眼里找到两年前的那个女人。"是我。"他没来由地感到了悲伤，"路过，想来看看你。"

最后半小时的班可以不上。她带他去了十字路口处的水雾茶坊,在靠窗的位置,要了一壶明前的雀舌。

"为什么老盯着我看?"她问。

香水。粉底。口红。雕了花的指甲,那图案他后来咨询了女同事,叫踏雪寻梅。"有点不一样了。"他尽量让自己放松。

"怎么不一样?"

"看装束,你过得更好了。"

"看人呢?"

"说不好。"

"有什么说不好?"她笑笑,打开包要找东西。他及时地递上白沙烟。"我抽这个。"她拿出的是五毫克的中南海女士烟。

"你老公换牌子了?"

"他换牌子关我什么事?我只抽我喜欢的。"

"你们——算了,不多嘴了。"

"没什么。"她的表情很有点孤绝,眼神不经意间闪的光和两年前一样,"我们关系不好。"

怎么会呢?但他说:"偶尔会闹别扭,别放心上。"

她看着窗外抽烟,动作娴熟优雅。"还咳嗽?"

"偶尔。走到哪儿我都带药。"

有半分钟两人都不说话。他觉得男人应该主动打破僵局,刚想问孩子的情况,她的手机响了。她对着手机说:"有局?好,我也有。"一共六个字。

"你老公?"

"这一周他第七天不在家吃晚饭。"

"做领导应酬多。男人不容易。"

"屁个不容易,"她说,"鬼混的借口!对不起。"她为自己的粗口道歉,她的嘴鼓起来,眼睛往虚空的深处看。这是女人要哭的前兆。眼泪终究没有掉下来。然后她突然就笑了,问:"觉得我变老了没有?"

她的笑轻佻而又悲凉。他不再有疑问,安慰她:"比两年前更年轻。"

"去年二十今年十八,也没用。男人变得永远比你快。"

她情绪开始激动,他知道她倾诉的欲望启动了。果然,生活出了问题。这是她没有料到的,丈夫从看守所里出来,整个人都变了。职务变了,成了个小领导,这是好事。变得爱说话,也不是大毛病,顶多是多念几次他在看守所的苦难经,多撩几次衣服让别人看看淤血和伤口。最大的问题是,他总在想:他妈的,凭什么?他没往口袋里捞一分,没睡过任何一个别的女人,局长赴宴他都只能在旁边的小房间里随便吃几口。如此清白还是蹲了八个月,三天两头接受拷问,那些人高兴了抬手打,不高兴了用脚踢,凭什么?老子生下来不是为了看人脸色给人打的。凭什么啊?他想不通。他跟劝他的亲友说,要是你整天平白无故鼻青眼肿的,你也想不通。幸好我出来了,要是被冤到底,这辈子没准就耗在里面了。局长死刑,副局长死缓,随便捡出一条过硬的证据,他就不会有好日子过。所以他出了看守所大门就想,从今以后的每一天都是赚来的,咱得好好过。可着劲儿折腾,你们不是都说享受生活吗,老子也来,能风光不风光我凭什么啊?人生苦短,鬼门关我都转了一圈。

作为八个月的补偿,他升了,副主任看上去不大,但管的部门要紧,正主任一年病休要达十个月,他算个实权人物,干什么都便利。先把老婆从书店弄到航道处,她挺高兴,高兴劲儿没过脸就拉下来了。副主任吃喝是小节,关键是裤带松了,外头开始有人,比她年轻漂亮。被发现后,他供认不讳,玩玩而已,他不会当真,希望老婆也别当真,就当自己老公下半身临时借别人用一下。他改。这也是诡异的逻辑,她不能理解。副主任就解释,一是工作需要,二是八个月的补偿,一想到曾经命悬一线,他就忍不住每天都当世界末日来过。一说起八个月,他就声嘶力竭苦大仇深,摔杯子时眼里都能淌出泪来。你不知道我是怎么熬过来的,一日长于百年。你永远都不会知道。

改了两三次也没改好。再发现,他居然理直气壮,不就玩玩嘛,又不是跟她们结婚生孩子,着什么急。

"后来呢?"

"他竟然说,我是嫉妒那些女人年轻。你说,我很老吗?"

她不老，不过洗尽脂粉后脸会显得空，因为已经六神无主。他能理解副主任人生观的巨变。这种事很通俗，甚至很恶俗，但巨大的幻灭感的确会让人穷凶极恶；他不喜欢的是，副主任的自恋过了头，她可是每个月都在看守所外面转圈子的。

"难道他当时就没感应到？"

她的笑已经接近哭了。"那又怎么样？此一时彼一时。"

"他还，在乎你吗？"

"也许吧。他说他在乎，他只是想用这些填满八个月的恐惧。"

她的善解人意让他吃惊。三年前在餐车里她就说过，二十三岁嫁给那个男人，就算山洪暴发，他们也会抱在一起死。她坚持着二十三岁的信念，现在城市坚固，风调雨顺，山洪永不可能发作，副主任有了现在的世界末日般的别样的信念。他只好帮她点上一根烟，说："我也不知道你该怎么办。"

从水雾茶坊往外看，马路宽阔，行人和车辆稀疏，植物丰肥茂盛，这里一定是个过安宁日子的好地方。然后他们在茶坊隔壁的饭馆一起吃了晚饭，主菜是当地特色的长江鱼，味道之好，只有他回忆中的故乡长河里的鱼才能媲美。喝了当地的白酒，牌子一般，口感很好，他只想尝尝，喝着喝着就多了。她也喝，像两年前抽烟一样生硬，她把喝酒当成了复仇。因为喝酒出了汗，妆有点散，但酒上了脸，把散掉的妆又补上了，比之前更好看。如果再丰满一点，她就跟餐车上的女人一模一样了。只是她自己并不清楚,她以为自己已经老了,需要各种时髦的衣物、昂贵的化妆品和加倍的风情借以回到过去,回到爱情完满的幸福生活里去。长江鱼和酒让他难受,心里比寻而不遇还要空荡,空空荡荡。他只好继续喝酒吃鱼。

她送他回旅馆,晚上十点马路上已经空寂多时。他要自己回去,她坚持要送,难得有人还惦记自己,反正孩子在姥姥家,回去也是一个人。她搀着他,两个人摇摇晃晃贴着路左边走。她说我给你唱个歌吧。词曲他都陌生,唱完了她说,那时候他们晚上散步常唱这歌,男女二重唱。他就说,多好听的歌,可惜只能你一个人唱。然后迷迷糊糊听见她的哭声。

她以为他喝多了,让他躺下歇着,他坚持要坐着。"见一面不容易,"他说,"我要多看看你。"

"你喝高了。我有那么好看吗?"

"没高。你比好看还好看。"

她在对面床上坐下来,表情如同致哀。她从纸袋里拿出一个精致的纸盒子,说:"猜猜这是什么?"

"不知道。"

"仙黛尔内衣。要不要穿给你看看?"

他看着她站起来,打开包装,先把内衣按部位和比例摆在床上,形如一个女人。摆完后,开始解盘在脑后的长头发,披肩,褐黄,转身时呈现侧面的轮廓,颧骨高出来,弧度有了变化。他觉得面前站着的是另外一个陌生女人。

"男人都喜欢看女人穿性感内衣吗?"她问,开始脱外套。

他制止了她脱外套的手。"你喝高了。"

"没高。"

"高了。"

她甩开他的手,说:"你来难道不是为了这个?"

他不说话,站起来把仙黛尔内衣装进纸盒再放进纸袋。他想,我他妈不是圣人,可是我现在很难过。仙黛尔让他备感哀伤,所有的事情都不是他想象的样子,此刻他们的生活如此复杂。他又重复一遍:"真高了。"

她一屁股坐在床上,仿佛真喝高了。"你来就是为了说我喝高了?"

"我来是顺道看看你,"他说,"明天一早就走。习惯了,这些年我一直在路上。"

人间烟火

1

倒退二十五年，苏绣腰是腰屁股是屁股。现在不行了，上下一般粗，腿也长短了，走路时人和影子都像鸭子。二十五年前的苏绣我没见过，可能见过了我也不记得，反正我能想起来的第一个印象是，她已经把屁股和腰混在一起了。她推着自行车从我们家饭店门前经过，和郑启良还有他的三女儿哨子，一起到石码头上坐船。我坐在门槛上看着运河发呆。小时候有很长一段时间我都不习惯早起，一早起就精神恍惚，要在门槛上坐上半天才能清醒。这些时候我就盯着运河和石码头看，水汽从河面上升起来，整个运河像一锅平静的开水，没完没了地向西流过去。比我起得还早的人开始解船，在水上摇到看不见的地方去。

那天早上潮湿清凉，郑启良把他的和苏绣的自行车放到船上，哨子忽然转过身，指着我家的门说："我要吃油条！"郑启良摸摸她的脑袋，往她手里放了一个东西，哨子就慢悠悠地跑过来，送到我面前说："油条！"我看一眼她手心里的硬币，心不在焉地喊一声妈。我妈从屋子里走出来，拿一根用旧报纸裹住的油条。哨子又慢悠悠地跑回去。哨子比我高两个年级，但她明显不太认识我了。听说被吓着了。放学回家她从运河边上走，水里突然蹿出来一条比两条扁担还长的白蛇，红芯子一吐两尺长，哨子一屁股坐到地上，就傻了。不上学了，走路的时候像在梦游。她抱着油条站在码头上，坚持吃完了再上船。我听见苏绣尖叫一声：

"就知道吃！几点了！"

她已经上船了，又跳上岸，抓着哨子的领子拖上了船。因为那声尖叫，我才注意到苏绣。从背影看，她就是一个普通的中年妇女，和很多体形走样的女人一样。那时候她好像还年轻。三十岁吧。三十岁的女人成了那样，很多年后我才懂得惋惜。

我早听说过她，也听花街上的人说过，东大街苏家的绣绣长得不错，没想到是这样。那时候她和陈洗河从东大街搬回花街不到三个月。陈洗河家在花街，爹娘死得早，叔婶把他拉扯大。成年以后，洗河就从叔婶家里搬出来，一个人住到爹娘留下的老屋里。他家的房子在花街，大概是最破的，远看两间堂屋是歪的，近看也是歪的。大家都担心它们会在某天夜里彻底歪到地上，但是没有，它们坚持歪而不倒，直到洗河跟苏绣搬回来还站在那里。洗河是苏家的倒插门女婿，结了婚就住到东大街。倒插门嘛，你得插过去啊。花街人都觉得洗河插过去挺好，守着自己的破院子怕连老婆都找不到。明摆着的，家里空荡荡的，两手也空空。洗河在苏家住了几年，搬回来了，原因是苏绣的妹妹也要招一个上门女婿，地方不够。

搬回来还放了鞭炮，我跑过去看热闹，看见洗河的笑堆在眼角和腮帮子上，对谁都点头。他给笑累坏了。苏绣闪了一下脸，我都记不清了。反正我没怎么注意她。我替洗河悬着心，怕鞭炮声把屋子震塌了。再后来就是我坐在门槛上的清早，苏绣和郑启良和哨子要去坐船。我看见一个上下一样粗的女人，走起路来像鸭子。这个像鸭子的女人就是长得不错的苏绣？

自行车放倒在船头，哨子坐在放倒的自行车上。苏绣坐在船舱口，一只手支起下巴。郑启良摇船，喉咙里跑出一段歌来。哥呀妹呀的，米店的孟弯弯和瘸腿三万才唱的调调。船钻进水汽里，没有了。我打了个喷嚏，站起来往屋里走，一定是我妈让我刷牙洗脸了。我妈一念叨，我准打喷嚏。

过了大约一个星期，我坐在门槛上看运河，他们三个人又来了。哨子把一个硬币送过来，拿走一根油条。三个人把船摇到我看不见的地方去。三五次之后我就知道了，他们是去看病。哨子是治傻病的，十五里外的鹤顶有个仙奶奶，说是专治神神鬼鬼的病，过来给她喊过一次魂，又蹦又跳又烧纸舞剑，也没喊回来。她的声音凄厉，听起来让人害怕。仙奶奶没治好，说那白蛇道行太深，弄不了，还是另请高明吧。巨大的白蛇除了哨子，花街上谁也没见，整天在水边芦苇荡里打野鸭的老枪都没见过。但是哨子指天画地结结巴巴地说，就是一条白啊蛇吓吓啊的。到底有没有白蛇已经不重要，反正傻了，那就得治。仙奶奶不行，要找更厉害的人治。郑启良拐弯抹角不知从谁那里听来，运河上游有个老中医，长一部油黑发亮的大胡子，专治邪门的毛病。别人能治的他不治，别人治不了的他才治。那地方也偏僻，先走水路，再走旱路。他就把自行车搬上船，带着哨子摇船去找，半路遇上苏绣，她刚从老中医家里回来。她也看病。从此他们就搭伴一起去了。

苏绣的病其实大家都知道，不明说而已。就是怀不上孩子。跟洗河结婚好几年了，只看见她腰腿吹了气似的往外长，肚子没动静。大问题。母鸭子下不了蛋，这叫什么事。放在你身上你也急。洗河偷偷摸摸带她去看过几个医生，后来就不带了。原因是，他是男人。谁好意思整天带着老婆查这种问题。没准医生还认为是他有问题呢。男人那东西不行，脸丢大了，十八代往上的祖宗都没面子。再说，医生还问过苏绣一句话：

"流过没？"

苏绣一下子不说话了。洗河也不说话，憋了半天，小肚子都红了，然后扭头就走。他在医生家巷口的石头上坐着，用脚后跟死命磕屁股底下的石头，鞋后跟都磕破了。他清楚。不当面说也就算了，忍忍就过去了，好歹现在是自己老婆。问题是医生当面问这话，哪受得了。苏绣流过，不是跟他的。洗河觉得委屈大了。时间不长苏绣从医生家里出来了，她低头把自己裤脚看了半天，十指交叉分开，分开交叉，最后说：

"医生说，也可能是你的问题。"

"我?"洗河噌地站起来,手指到天上去,"放他妈的瞎屁!你信?"

苏绣不吭声了。洗河这么多年还没如此声势浩大地跟她说过话。她心虚了,后脊梁往外冒汗。一定是自己出了问题,想当年。当年啊。把柄在那里。这三条街,花街,东大街,西大街,差不多人人都知道了吧。好事不出门,坏事传千里。以后再治病,只有苏绣一个人去了,不仅洗河觉得问题在她,她自己也觉得问题在她。所以她跑了很多地方求医问药,不能怨不能悔。

2

苏绣和郑启良一块儿去看病,花街上很快就有了反应,比药效都快,三五个凑在石码头上就指指戳戳。我家饭店迎面就是石码头,从来都是最大的信息集散地。从运河上来的,跑船的老大带过来,过往的商客带过来;东大街西大街和花街的,没事也往这边跑,鸡零狗碎的都聚在石码头上说。石码头上一直都热闹,不运货不做买卖不泊船照样热闹。说累了就进我家饭店要二两酒、三两个小菜,吃着喝着继续说。不听都不行。我爸说,只有没发生的,没有不知道的。地球那边的事都能传到石码头上。

一个说:"看,两个人又搞上了!"

另一个说:"两个人怎么又搞上了!"

第三个人说:"乖乖,两个人真的又搞上了!"

"嘿嘿,搞上了,搞上了。"

两个人,苏绣和郑启良。我一天听一点,慢慢地也把故事听齐了。我小的时候，花街、东大街和西大街是放在一块儿管的，领导是郑启良。他一声吆喝，上面下文件了，精神是啥啥啥，三条街的耳朵都得竖起来。那一年上面要求疏通河道，郑启良就把三条街的劳力召集起来，女人也算数，能干活的都得上。疏通的不是运河主河道，而是离东大街五里路远的一条河汊，叫青水河。花街以南的城市和乡村都得靠这条支流。多少年来青水河里长满了芦苇，芦苇里做满了鸟窝，一层一层的淤泥把河床越抬越高，大一点的船根本就走不动。上面在红头文件上说：挖。三条街负责靠近运河的这一段。我们那里叫"扒河"，去扒河叫"上河工"。家家有份，有劳动能力不能去的，交钱。我家当初就是交钱顶了河工。

苏绣正年轻，就去了。

那时候的苏绣腰是腰腿是腿，一个活蹦乱跳的大姑娘。虽说在家里也干活，但上河工不一样，那家伙，要把多少年的老淤泥一锨一锨铲到筐里，两个人抬到离岸二十米开外的地方，对壮小伙子也是个大负担。时值初秋，淤泥正在变硬，漫无边际的芦苇割掉后剩下尖利的根茬，清淤时一例穿着上面发下来的胶鞋，垫两层鞋垫，以防芦苇茬扎伤腿脚。两天下来苏绣就觉得胳膊不是胳膊腿不是腿，那个累，浑身上下都像是别人的，使唤不动。胃口倒是开了，一顿两碗米饭。因为人多路远，伙房就设在工地不远的地方，一收工大家就往伙房那里跑。大锅饭就是香，吃慢了就抢不到第二碗。旁边有人教她，第一碗只盛大半，这样，你吃完了，别人的第一碗还没结束，你的第二碗就可以拼命地往里装，堆出座山来的时间都足够，接下来就可以悠着吃了。那些第一碗装得结实的人，往往第一碗吃完了整个饭盆也空了。吃完饭在野地里躺下来就能睡着。苏绣觉得还是在伙房里做饭好，像那几个老弱病残的女人，做饭时想吃就吃，空出嘴来还可以哼哼小调。

回家路上碰到郑启良，她说："主任，我能不能去伙房？受不了了。"

郑启良歪头上上下下把她看了一遍，说："不行啊。你没毛病。"

苏绣就明白了。这河工起码得半年，有办法得早点想。过两天抬淤泥，故意崴了一下脚，让旁边的一个尖头的芦苇根插进小腿里，她尖叫一声，整个工地都听见了。血从腿上冒出来，裤子都湿了，苏绣一屁股坐到淤泥里。工伤。两个姑娘把她扶上岸，带到指挥部里找赤脚医生包扎。郑启良急匆匆过来看她，正赶上医生要包扎。苏绣的鞋子脱了，脚指头在袜子里自作主张地动，动得郑启良的注意力有点不能集中，上眼皮跟着跳。然后他看见医生捋起苏绣的裤腿，外面的单裤，里面粉红的秋裤，血淋淋的一个伤口。真正惊动他的是苏绣的白，他没见过这么一截温润的白腿。他看见白皙的皮肤底下蓝色的细血管，觉得自己的肠子在肚子里剧烈扭动了一下，打了一个惨痛的结。他都没安慰苏绣，一直看着赤脚医生给她消毒包扎完毕。

苏绣说："主任，你看我这伤，不能干活了。"

郑启良说:"对,你有毛病了。"

第二天苏绣就进了伙房,专职烧火,把芦苇一捆捆地往灶膛里塞。其实那伤不大,不结疤都照样抬筐,但苏绣不想回去,努力把自己弄成一个瘸子,脚放重了都要哼哼一声。大半个月过去,装下去自己都不信了,苏绣就对郑启良说,要不我多干点,帮她们买菜吧。郑启良说好,正好可以帮那几个老弱病残推独轮车。她们每天推独轮车去买菜。

没事郑启良就往伙房跑,瞅着没人就问苏绣:"绣儿,我对你好不?"

苏绣说:"好。"

郑启良就说:"嗯,好就好。没事,你忙。"

有天上午郑启良让苏绣别去买菜,他有事找她。伙房里就剩苏绣一个人在掏锅底灰,郑启良来了。他说:"你忙?"

苏绣说:"不忙。"

"不忙好,"郑启良蹲下来,慢慢抓住苏绣的手,"绣儿,我帮你。"

苏绣挣一下没挣脱,说:"主任。"

"别叫主任。"

"叔。"

"不叔,"郑启良彻底抓住了苏绣的手,"哥。"

苏绣手一松,畚箕和笤帚掉下来,锅底灰撒了一地。"主任。"

"不主任,"郑启良说,把苏绣猛地揽进怀里,两人一起坐在锅门口,然后郑启良翻个身把苏绣压到底下。主任。不主任。叔。不叔。叫哥。主任。不主任。然后就乱了。过程其实很简短。苏绣叫了一声。郑启良捂住她的嘴,说不出声不出声。又说快,快,得快,老娘们要回来了。最后他也叫了一声,歪倒在一边,摸着苏绣光溜溜的大腿说:

"绣儿,两条好腿啊。白。真白。"

苏绣站起来提裤子时,两个屁股是黑的,草木灰上印出了两个圆。郑启良又摸了一把苏绣的屁股,说:"长得好,真圆。"又要往上摸,被苏绣一巴掌狠狠地打下去。郑启良就说:"打得好。"半天又说,"腰也好。"

这种事有惯性,第一次就意味着第二次,有了第二次就有第三次。苏绣继续烧火和推独轮车,不买菜的时候她就偷偷摸摸地去指挥部。郑启良在等她,那里环境好,起码有张临时用的行军床。除了第三第四第五次一直下去,她找不到别的办法。想象过的无数条未来生活的路突然就消失了,郑启良成了她现在唯一的路。即使是原地转圈她也得走。她六神无主,只有一根稻草,在指挥部里。她甚至都没想到让他离婚。

那时候在花街,离一个婚基本上等于不穿衣服往大街上跑,一样的惊世骇俗。听了都觉得难为情。你可以"过"或者"不过",也可以"跟别人过",但是别离婚。"跟别人过"是到人家饭桌上搭个伙,让人离婚等于你坐到人家饭桌上然后把主人赶跑。我们瞧不起你。所以苏绣不知道该怎么办。两个月后某一天,她突然意识到自己一直很"干净",那种事好多天没来了。凭着无师自通的知识,她知道完了,自己不会再干净了。她还没结婚,对象都没有,就不干净了。她对谁都不敢说,只能把秘密严严实实地揣在怀里。

天冷了,干完活吃得更多,打饭的女人累得不行,让苏绣帮忙。正给一群姑娘盛着汤,有东西要从喉咙里跑出来,苏绣捂住嘴,咽下去。再盛一碗汤,咽下去的东西又要跑出来,她只好放下勺子往锅门口跑,对着草木灰一个劲儿地伸长脖子。只呕出来一串咕噜噜的声音和两行眼泪。不能再拖了。打完饭她就去找郑启良。

"有这事?"郑启良手里的大前门香烟总也送不到嘴里,使不上劲儿,"是不是,别的毛病?"

"别的能有什么毛病!"苏绣无助地说,她委屈。

"别这样,"郑启良的理智慢慢苏醒过来,把刚点上的烟掐掉,塞回烟盒里,"弄掉。有什么说的。"

这个时候苏绣才意识到"有了"对她的意义,就是得活生生地从她身体里把它拽出来。它出现在她身体里是不对的,必须离开,撇清关系。她终于在恶心和恐惧之外,感到了疼。好像正在把它撕扯出来一般的疼。她做不了这个主。

"听我的,弄掉。"郑启良过来把她抱在怀里,"对谁都好。"

"我不敢。"

"要敢。留着两人都完蛋,你也完。你想想,出事我这主任就干不成了,干不成你就得回工地。你知不知道,外面的意见大到天上去了,有人要到上面告我,苏绣为什么还在伙房?

别说扎一个眼，就是扎十八个眼也该好了。这不是我说的。我压下去了。我当然得压下去。我主任干不成了，你就是再'有'也得干活，受得了？"

苏绣想那倒是。指挥部没人了，该她干的一样也跑不掉。比她小的，比她大的，都在挖泥抬筐。她凭什么。谁不眼红？累急了私下里恨不能把她撕开吃了。累急的时候她就想过，抽空把蹲在锅门口偷吃肥肉的老娘们一个个都给撕了吃了。

"听我的，绣儿，"郑启良又抱一下她，"弄掉。只要我在位，你就在伙房，市长说话都不好使。我就不信，堂堂一个主任留不住一个烧火做饭的！"

苏绣眼泪汪汪地回去，翻来覆去地把能想到的各种可能都想了，包括父母、街坊邻居，包括将来是否跟郑启良过，以及郑启良的老婆和三个女儿。思虑再三，还是弄掉划算。像郑启良说的，先弄掉再说。把一辈子押在郑启良身上，她也不甘心，大她十五岁呢。个子不高，嘴里还有怪味，一张嘴，蚊子苍蝇直往地上掉，她竟然忍下来了。如果哪一天不当主任，那真的屁也不是了。她再来到指挥部是决定了破罐子破摔的，弄掉。一种强烈的破坏的快意让她充满绝望的激情，指挥部里的人刚走，她上去就抓住了郑启良的下身。她从来没这么"不要脸"过，但她现在觉得"不要脸"真好，一下子就能控制主动权，像领导。接着就动手解郑启良的裤带。郑启良吓坏了，怎么想办法也不行，嘴里不停地说，有人来了，有人来了。苏绣不管。还是不行。一直到最后他都不行。

087

他只说:"弄掉。弄掉。明天就去弄掉,我准你的假。"然后又说,"白。你真白。"

苏绣大冷天光着下身坐在床上,一点声音都不出,泪流满面。

第二天苏绣自己摇船去了郑启良给她指定的地方,一个人。郑启良说他得留在工地上,脱不开身。那个土医生是他朋友,没有任何问题,绝对安全、保密。到晚上一天寒星,苏绣才把船摇回到石码头。风吹乱她头发,盖住了眼。

她还是把事情想简单了。流产之后她在家休养了不到两天,就被派到工地上了。劳动人民不答应。大冷的天,风吹到脸上像连绵不绝的耳光。姑娘们抱怨了,妇女们更恨,她苏绣不就两腿一张做了郑启良的褥子吗,那两条腿夹不严实的死样子,盲人都看得出来。让你快活,看你还快活!十来个大姑娘小媳妇老妇女一起涌进指挥部,就问一句话:

"苏绣她凭什么?"

郑启良说不出个道道。腿伤了进伙房,可以,但不可以进去了不出来;现在竟然连火也不烧了。郑启良不能跟她们说,人家苏绣刚流过。出不了口。他说:"你们想怎么样?"

"你说呢?"

"苏绣家里有事,过两天就回来。"

"谁家里没事?走,咱们也过两天回来!"一个个拉着架势要走。

郑启良赶紧拦住,说:"好,这就叫她回工地。你们干活去!吴小蒜留下。"他推托走不开,让吴小蒜去找苏绣,去工地。吴小蒜住西大街，有点傻，不傻也不会去叫苏绣，头脑好使的谁愿意单独去做这恶人。苏绣出了家门去工地，悲从中来，一路上眼泪滴滴答答地掉，把郑启良骂了九千遍也不止。

第二天下了雨，越下越大，落到身上冷得往骨头里钻。没法再干了，大家争着往岸上跑，苏绣不敢大动，看着脚底往前走，还是摔了。淤泥遇到水，比西瓜皮还滑。摔巧了，一屁股坐到水洼里，脏水漫到她的腰。没有人注意，等她慢慢地从水洼里爬出来，病根已经落下了。那天她一直哆嗦，四床棉被都止不住她抖，天王老子也没法把她弄到工地上了。她在家躺了一个月，没一个人上门找。等她再次来到工地上，完全变了个人，不说话，胖了好几圈，腰没了，胸部下面直直地就到了屁股梢，然后是两条膨胀开来的腿。

再也没有瘦下去。

都以为苏绣会找郑启良算账。没有，苏绣见到他就像见到陌生人，那漠然的表情让你怀疑过去是不是大家拉郎配害了她。然后河工结束了，青水河幽深宽阔，无数的芦苇像大火一样长满河滩。然后郑启良因为贪污公款，主任的帽子被上面抹掉了。再然后，花街和东大街同时响起隆重的鞭炮声，穷光蛋陈洗河嫁到了苏家。第二天一早，苏绣穿红洗河穿绿，一起拎着马桶出门到运河里去涮。

一晃几年过去，他们在鞭炮声中重新回到花街的老房子里，开始求医问药。开始摇着小船到上游的某个地方找一个留黑长胡子的老中医。

3

现在，苏绣和郑启良又碰到一起，坐同一条船去找老中医。苏绣看自己的病，郑启良看三女儿哨子的病。站在石码头上的人说：

"嘿嘿，搞上了，又搞上了。"

说是这么说，但人家搭伴走路，你不敢肯定。三条街的人陆续走到石码头上，心想，到底搞没搞上呢？这洗河可真沉得住气，老婆跟前情人摇啊摇摇到远方去，他一点动静都没有。过分了。他们比洗河还急。几个月之后，大家不再关注船上的两个人，而是盯着洗河。洗河一定意识到了，走过石码头时从来不回头，头低着，腰杆硬邦邦的。在过去，他经常正走着猛然回一下头，对虚空里的某个人笑一下。

船照例每周出去一次。不知道苏绣的病治得如何，反正哨子的病是越治越重，走在花街上她发现陌生人越来越多，她也只认得油条不认识我了。

黄昏我在石码头上用树枝造小船,哨子蹲在一边看,安静和痴傻的样子看起来比我年龄还小。她说,船。此刻炊烟的香味从花街上飘过来,家家户户灰黑的小碎瓦片之间升腾起丝丝缕缕的烟雾,晃晃悠悠地飘到天上,过一会儿又缓慢地落下来,光滑明亮的青石板路黯淡了。整条街像一艘悠久的沉船。这时候洗河从运河边过来,左手一捆紫穗槐条,右手一把镰刀。他割紫穗槐条来编畚箕和筐子。他围着我们绕了一圈,蹲下来,问我:

"干吗呢?"

"造船。"

"哦,"他说,伸手拨弄我的小船,声音却是冲着哨子去的,"认得我不?"

哨子说:"你是谁?"

洗河不生气,说:"病好了?"

"我没病!"

"哦,没病好。告诉我,你在哪儿看见的白蛇?"

"昨天我还看见了!"

我和洗河一起抬头。"在哪儿?"

"船上。白蛇把我爸缠得紧紧的,还叫。我也叫,它不让我叫,再叫就把我扔到水里去。"

我看到洗河的脸在黄昏的光线里黑得比天还快。他站起来,镰刀慢慢举起。我吓坏了,一把推倒了哨子,她索性躺在地上不起来,呜呜啦啦地哭。洗河的镰刀重新放下。裁缝店林婆婆家的三只长脖子白鹅从河里上来，嘎嘎嘎叫着要回家，领头的那只翅膀扇到了洗河。我看见洗河右手一挥，白光闪动一下，半声鹅叫还在半空，鹅头就落了地，扭滚了几圈。那只鹅带着半根脖子惊恐地向前跑，血从断掉的脖颈处像焰火一样喷射出来，如同重新长了一个绚烂诡异的脑袋。无头鹅跑了很远才跟跟跄跄慢下来，然后酒鬼似的歪歪扭扭，倒地抽搐良久，它梦见自己在宽阔的运河里寸步难行，拼命拨动不安的双掌，直到两条腿最后用力一伸，僵住不动了。另外两只鹅嘎嘎惊叫，一只向东，一只向西，转眼不见了。

洗河还有这一手，我也傻了。他走老远我才回过神来，把哨子从地上拽起来。花街上都知道洗河脾气好，一年到头低眉顺眼，走路都看脚底下。大家打趣他，洗河，找钱哪？洗河说，呵呵，路不平。换了花街别的男人，哪容得老婆跟郑启良那样的男人三天两头往外跑，非砸断一条腿不可。哨子赖在地上不起，看见鹅头才睁大眼睛，说："头。头。"她把手伸过去够，突然又缩回来，利索地躺到地上。洗河又回来了。他把紫穗槐条和镰刀夹在胳膊底下，小心翼翼地抱起怪异的鹅身子，捡起鹅头，嘴里嘀咕着："都是你！都是你！"进了花街。

花街都知道洗河赔了林婆婆的鹅，而且知道为什么。不是我说的，我舌头没那么长。石码头从来都藏不住事，岸上没人，水里也可能有人；近处没人，远处可能有人。一个人知道了，那就等于整个花街都知道了。一点办法都没有。大家很兴奋，等着好戏上台。看，洗河变了，一刀把鹅头都削了，苏绣的日子怕不好过了。男人总归是男人。可是一直没动静，苏绣照样每周跟郑启良和哨子坐船去找老中医。区别在于，哨子有点不情愿，必须两根油条才能把她弄到船上去。我按时坐在门槛上，看她递过来买两根油条的硬币。她吃一根，另一根拿在郑启良手里，他靠这一根把女儿引到船上去。有一个阴天下雨的早晨，运河和石码头上起了一层雾，船漂在水上飘忽如梦境。我问哨子又看见白蛇了？哨子嘴一咧，肩膀就抖起来，往身后的船指，压低声音告诉我：

"在船上。"

一条街被一个鹅头撩起来的信心慢慢落下去。生活重新静下来。心犹不甘的男人坐在我家饭店里喝酒，拍着桌子说，我要是洗河，早他妈跳进酒杯里淹死了。另一个说，你要是洗河，那苏绣就不是苏绣了，一物降一物。过去花街其实都是在暧昧地看笑话的，但这笑话无限地延宕，弄得大家的兴致也疲惫了，生气了。你不能没完没了地这样啊。低头找钱你也不能低一辈子啊。洗河没救了。以后别提他，谁提我跟谁生气。就当他还插在东大街，眼不见为净。

十月里突然就出事了。洗河去嫖了，而且弄大了人家的肚子，找上门了。这事的轰动效应胜过石码头上翻了一艘大船，我当然要去看。一听吵吵声我就往花街上跑。青石板路面幽幽地闪光，太阳落了，晚霞在天上，路两边的青苔正奋力地往墙上爬。肚子饿得早的人家已经开始做饭，淘米洗菜的水泼在门前。炊烟味道将慢慢充满花街。洗河家的门楼前聚了一堆人，我挤进去，看见一个陌生的女人捋起袖子在骂，左耳朵后面有颗小肉瘤，一边骂一边哭。她断断续续的声音说明她极其伤心。她说：

"是你的。就是你的。一定是你的。"

洗河面红耳赤地站在门楼里面，不停地抓后脑勺，好像那地方的痒痒一直挠不干净。"不是我，真的不是我，"洗河结结巴巴地说，"我不认识你。"

苏绣站在门外，两只胳膊交叉抱在胸前，把乳房挤得比平常还要大。她不说话，表情像门楼底下的过门石，没有方向，你看不出来她到底是想哭还是想笑还是想愤怒地大吼一声。她就这么歪着头看，看一眼洗河，再看一眼那个女人。

"你还不承认！"那女人说，"你是大上个月三号去的解放街。你说你住花街。你说你会弄到身子外面去。你不戴那东西就多给我钱。你最后没出来，就在里面了。我害怕，你说不会有问题，你保证。你不记得了？"

"我，没有！"洗河急了，脚都跺上了。他扭头在院子里到处看，我以为他要找镰刀，谁知道他转了半天脖子啥事都没干，又低下头，嘴里说："你认错人了。你认错人了。"

"不可能认错！哪个男人的重量我都能记得，你大概一百四十斤。最后的时候你还骂人，你说，日你妈，叫你去，叫你去！一定是你的，就你没戴那东西。"

解放街我们都知道。离花街不是很远，很多女人都聚在那里做生意。有一次我去解放街看露天电影,电影散了往家跑,一个男人伸着衣袖从临街的屋里出来,后面一个看不清长相的女人倚着门框说,好再来啊。人家都说到这样了,我边上的人都觉得洗河赖不掉了。学会嫖了,不错啊。然后大家开始看苏绣,下面该她了。

苏绣果然说话了。苏绣说:"好。"半天又说,"好。"我们都以为她气得不会说别的了。因为随着事情的发展,她脸上的冷静开始变颜色,像冬天里的过门石,铁青。嘴也开始抖。她把自己的胳膊抱得更紧。"说实话,嫖了没?"

洗河说:"绣儿,回家说好不好?"

"就在这里说!"苏绣的胳膊突然就松开了,右胳膊猛地一甩,打到石墙上,手面开始流血。洗河过来要拿她的伤手,被苏绣的胳膊肘推到一边。"你就在这里说!我知道,你们不整天在背地里骂我不要脸么?不是整天骂我给他绿帽子戴么?好,你说,不要脸大家都别要脸!你说,陈洗河,你上没上过这女人的床!"

围观的人一下子不好意思了,开始往后退。我也往后退。"你们"就是我们啊,谁还好意思往前凑。苏绣用流血的右手在我们面前缓慢地画了一圈:"谁也不许走!你们不是想看么,不是想听么?今天就让你们听个够,看个够!谁也别走!"我们只能继续往后退,退了几米就不约而同地停下了。大家都有点怕,但说到底谁也不愿意就此走掉,错过了可是拿钱都买不回来。

洗河更结巴了："绣儿，真不是我的。"

"就是你的！就你没戴那东西！"那陌生女人可能受到苏绣的感染，气魄也壮烈起来。

"闭上你妈的×嘴！"苏绣指着她说，"没你说话的份儿！"然后对洗河说，"也就是说，你跟她真睡了？"

洗河断了脖筋似的，脑袋挂到了胸前。

"好，睡得好！连儿子都睡出来了！"苏绣的声音低下去，说话的时候像在笑，眼泪跟着吧嗒吧嗒往下掉。然后声音慢慢扬起来："你儿子都睡出来了，我还到处去治病！我还治你妈什么病！要不是你怕断香火，我腿痒痒啊我到处跑？你想起来就生生气发发火，想起来就打我一顿，你以为我愿意啊！"

原来洗河不软啊，在家还生气发火打老婆呢。大家你看我我看你，都很惭愧。过去把洗河想软了。对不起人家了。

洗河头抬起来了，腰杆也绷紧了。"你治你的病，谁让你跟那姓郑的治到一块儿去了！"

"治到一块儿怎么了？他把我坑了，我要还回去！他闺女不是怕白蛇么，我让她天天看！看死她！"

"那也不能让姓郑的看！"

"你以为我稀罕他那张臭嘴？反正也没脸了，你们想听就让你们听个够！你不是说我再也下不了蛋么，我就想知道自己是不是真的怀不上了。洗河，你以为我甘心啊，我不甘心。我真的想让你有个孩子，不管谁的，从我肚子里出来你一定会欢喜的。"

周围一下子安静下来。没有人说话。大家都猜出来了，其实洗河还是希望苏绣能怀上，不管是谁的种。那时候我还小，还弄不透苏绣的怨毒和悲凉，放在现在，为她大哭一场都值。我们习惯了站着说话不嫌腰疼，以为该如何如何，事实上，有人真正深入过他人的内心么？

苏绣用伤手抹眼泪，血染上去，两只眼都是红的。"这下好了，"她对那个陌生女人说，"你把孩子保住，生下来，你愿意养你就养，我跟洗河离婚，你进来。你要不愿意养，生下后我来养。我伺候你坐月子。"

"绣儿，不是我的，"洗河争辩说，"真不是。医生说我这辈子生不了孩子。"

"你不是没查吗？"

"查了。一个人去的。我一直都说不出口。"洗河头又低下了，"我也有问题。我有医生开的证明。"

苏绣既高兴又失望，她问那女人："你肯定是洗河的？"

轮到那陌生女人傻眼了。"我，我也不知道，"她说，"我以为是。我再想想，有时候，你知道的，戴了那东西也会出事。我再想想。不好意思啊。再想想。那，我先走了。"

竟这样收场，大家面面相觑，一声不吭地散了。很快晚炊浓郁，天地飘香，天黑下来，花街的狗也安静了。夜晚刚刚开始，但是花街上的今天已经结束了。

4

这一天的事很快传到东大街和西大街。苏家沉默，郑启良的老婆跳出来。她来到花街之前和男人打了一架，郑启良比她矮，三两下就被放倒在地。她知道自己男人不是好东西，但别人对着高音喇叭宣传她还是受不了，何况对方还处心积虑地害自己女儿。她左手砧板右手菜刀来到洗河家门楼底下，一屁股坐地上，剁一下砧板拍一次大腿，骂一个勾引她男人的骚货，骂那个骚货不要脸，养汉子养出了习惯，被她男人弄大了肚子还不过瘾，见了还要脱裤子。骂那个狐狸精蛇蝎心肠，害了他们两口子还不罢休，还要害他们家哨子，活该断子绝孙。骂得口吐白沫也没提到苏绣的半个名字。

大家远远地看着郑启良老婆表演，打赌洗河和苏绣谁先出来。谁都没有赢，两个人一块儿出来的。洗河出了门就往外走，出了花街人不见了。苏绣坐到郑启良老婆斜对面的过门石上，就坐在那里看她骂。郑启良老婆觉得她胜利了，这个骚货不敢说话，于是骂得更起劲，骂一句瞅一眼狐狸精，瞅多了声音就慢了，就下去了。苏绣斜眼看她，嘴角微微吊起，像宽宏大量。郑启良老婆看不懂了，心里开始发毛。然后她听见狐狸精说：

"再骂一句，哨子活不到过响。"

骂声戛然而止。郑启良老婆突然打了个哆嗦，下意识地往花街两头看。洗河从南面走过来，手里拎着一个人。她稍稍放了心，是郑启良。她做出一个漫长的冷笑给自己壮胆，张嘴要继续骂，郑启良给了她一个耳光。郑启良说："滚回家去！"此刻的郑启良后衣领还攥在洗河手里，脚尖一直踮着。

"死不要脸的，你打我！你帮别的女人打我！"他老婆张牙舞爪地哭起来。

洗河冲她左脸一个耳光，然后把郑启良往前送了送，郑启良顺从地给了她右脸一个耳光。郑启良说："你他妈还不回去呀，丢人现眼的！我求你了！"

他老婆抱着头脸往他身上撞，洗河抖一下手腕就让郑启良避开了。郑启良老婆一个踉跄，收住脚要再撞，洗河又把郑启良往前送一下，耳光落到他老婆脸上。郑启良说："哨子在家发傻了！"他老婆停住，鼻翼一个劲儿地动，一挥手把菜刀砍到墙里去，喊一声："郑启良，我日你妈！"撒腿就往家跑。洗河松开手，郑启良喊着他老婆名字也追过去。

此后苏绣再没和郑启良一起去看病。哪里也不去了，洗河打算抱养一个孩子。郑启良继续带她女儿去看病。又是一年，哨子的病看不出来好转，便也不去了。据说哨子偶尔见到苏绣，还有点怕，因为苏绣会突然在她面前露出白肚皮来，哨子见了准哭。

这件事在三条街上传来传去，最后剩下了"借种"的结论。几年以后还有人提起，那时候苏绣和洗河已经经营起豆腐房，也抱养了一个叫招娣的女孩。有一天苏绣给我家饭店送豆腐，围着豆腐车好多人说话，西大街一个女人带着孩子从石码头上经过，顺手也要两斤。切好，上秤，少了一两，苏绣又切了一块添上。小孩顺手塞进嘴里，吧嗒嘴咽下了。那女人说少一两，快给呀。苏绣说给了，你孩子吃了，二两都不止呢。那女人问小孩，吃了？小孩躲在他妈屁股后头不吭声，只摇头。给了和没给，争了半天，西大街的女人觉得冤枉，一生气张嘴就伤人：

"男人的便宜占占也就罢了，小孩的便宜你也占！"

"你再说一遍！"苏绣说。

"说又怎么了？谁不知道啊，借种都借到西大街了！"

她刚说完，一块豆腐就砸脸上了。苏绣指缝里的豆腐渣一点点往下掉。要不是周围人拉架，打得就好看了，每个人只抓到对方的一小绺头发。苏绣晃着雪亮的豆腐刀说："你再哼一哼，我把你嘴咧到两耳朵上！"

此后，再没人敢当面说借种了。开不了口，人家闺女一天天大了。

5

招娣是他们买下了范十三的豆腐房之后才抱养的。花街上有两座豆腐房,一座蓝麻子的,另一座范十三的。范十三女儿嫁到城里,买了高楼里的大房子,让老两口去过好日子,顺便看孩子做饭,就把豆腐房转让给洗河了。蓝麻子的生意主要在家里做,卖豆腐、豆腐脑和豆腐皮,尤其是豆腐脑,三条街上嘴馋的隔三岔五都来过把瘾。洗河两口子当然竞争不过,就推着豆腐车沿街叫卖,生意也过得去。豆腐是个好东西,便宜,怎么吃都行。花街上日子不好过的人家,都拿豆腐当肉吃。洗河两口子经营了半年,豆腐房里响起婴儿的哭声。苏绣姨妈从扬州给她抱来个女婴,据说花了三千。那家人想男孩,前头有了一个女孩,这个不敢再要,生下来就卖了。

为了照顾好这个女婴,一个月的时间里豆腐都停下来不做了,两个人夜以继日地伺候这个小丫头。他们买能买到的最好的奶粉给她吃,精细地观察她的饮食起居,直至打眼一看小丫头的表情就知道她想吃还是想拉还是想睡。他们把她伺候得像个祖宗。满月那天还放了一挂鞭炮,请平日关系还好的街坊喝了一顿满月酒。我妈去了,回来时兴奋地说,叫招娣。胖得跟个肉球似的。这苏绣,带孩子还是把好手。她逢人就说,看看,我闺女!我妈还说,房间里只剩下她和苏绣时,苏绣哭了,苏绣说:

"姐,我也有孩子了。"

那小女孩长得挺好,眼睛大睫毛长,脸是圆的,生气时喜欢嘟嘴。在她长大之前,小肚皮一直吃得鼓鼓的,你要问她,招娣,西瓜熟了没?她就拍拍肚皮,说没有,不能吃。苏绣推车卖豆腐,她也会跟着,从车左边跑到车右边,一路都在唱小老鼠偷油喝,被它妈妈抱起来。我一直没弄明白这首儿歌的出处。我还问过招娣,我说:"你知不知道为什么叫招娣?"

"知道,"她说,"妈妈让我招来一个小弟弟。"

"那你想不想要一个小弟弟?"

"我不知道。"

洗河还想抱养一个儿子。苏绣在我家说过。因为给我家送豆腐,他们和我家关系还不错,苏绣有事常和我妈说。一个男孩起码几万,他们拿不出来,现在只能拼命干活。他们计算过了,照眼下的收入,招娣十岁时应该没问题。如此宏伟的计划让我妈抽了一口冷气。我们家如果有此雄心,早发大了。

两口子前腿弓,后腿蹬,铆足了劲儿向前冲。那几年他们沉默不语,唯一的声音就是吆喝豆腐。当豆腐和吆喝成为花街的日常生活时,他们就完全被大家忽略了。其实多少年来,花街上各自的生活都是被彼此忽略的,同样道理,花街的生活和东大街、西大街的生活也是在相互忽略。偶尔一下动荡,多半是婚丧嫁娶,是生和死。比如,一个孩子的出生,或者到来。招娣八岁那年,洗河和苏绣匆忙接受了一个男婴。

只花了一万块钱。这事跟我姑妈有关,她在一家医院做妇产科主任。在抱养招娣之前,苏绣就和我姑妈打招呼,有合适的婴儿帮他们留个意。经常有女人生完了就把孩子扔下,一个人偷偷跑掉。但我姑妈胆小,违反计划生育犯法,扔掉孩子犯法,把孤儿送人也犯法,相当于买卖人口,那哪能做。这男婴不一样,刚生下就不妙,心脏有问题,保养了一周还小脸乌紫,父母觉得这孩子废了,养得活也是钱陪着,扔掉又舍不得,一条命啊,就求我姑妈,希望有钱的人家抱养了去。这世上有钱人一抓一把,但想要这孩子的怕就难找了。我姑妈也心疼这小生命,有枣没枣打一竿,给苏绣递了个话。苏绣看看洗河,洗河桌子一拍,要!给了产妇五千块钱做营养费,孩子就抱回来了。

花街一下子又热闹了。洗河有儿子了。豆腐房停掉,三口人全力伺候一个不知道能否活下来的小生命,过两天跑一趟医院。所有人都替他们悬着一颗心,那么点小东西,比猫大不了多少。

居然就喂活了。两个月的时候抱出来给街坊邻居看,小东西脸色完全正常,胖了,没事就喔喔地叫。苏绣和洗河瘦了,尤其洗河，腮帮子陷下去，两个月老了十岁。但是他们开心，你能看见他们从心底里开出花来，一朵一朵，团团簇簇，看见太阳笑，看见风也笑。我姑妈给小家伙诊断过了，只要保护好心脏，没大担心了。她根本想不到这孩子能喂成这样，简直是专家手笔。他们给他取名"冠军"，两个月时补请了满月酒。排场更大，洗河这个钱花得高兴，他知道接下来他得花更多的钱。

冠军在花街还是热门话题时，洗河跟苏绣又开始闷头赚钱了。他们从我家借了钱，买了一台豆腐机，自己做豆腐方便了，逢年过节各家做豆腐也可以去加工，收取一定的加工费用。一切从头开始。两个孩子一点点长高，他们俩一点点矮下去。两个孩子需要钱，可能是很多的钱。冠军一岁后我离开花街去南京念大学，在学校里养成了夜猫子的习惯，回到家也三更半夜不愿意睡，看书，写东西，一折腾就过凌晨。从我二楼的房间看夜晚的花街，一片漆黑，整条街沉在梦里。凌晨两点，像闹钟一样准时，我听到一两声狗叫，洗河家豆腐房的灯亮了。灯光从他铺子的窗户里透出来，像伸进黑暗里的一根狭长的舌头。

隐约的机器响声，他们开始加工头天晚上泡好的黄豆。然后煮浆，点卤，上筐，三锅豆腐出来已经凌晨五点。从煮浆开始，铺子周围一直热气弥漫，花街也因此变得飘摇恍惚。苏绣把两锅豆腐放进自行车后的筐篮里，送洗河出门，他赶着送给市里的几家定点饭店。回到家大约早上六点半。这期间苏绣把剩下的那锅豆腐放进独轮车里，做好早饭。洗河囫囵几口早饭开始沿街卖豆腐。这时候水边的人基本清醒过来，端着盘子打开门，买新鲜的热豆腐。三条街下来能卖一大半，剩下的我们家基本上全要了。洗河卖早豆腐时，苏绣叫醒招娣和冠军，收拾好他们的早饭。豆汁是必喝的，因为营养价值高。早饭之后苏绣还有第四锅豆腐要做，这一锅在中饭和晚饭之前卖。

我爸妈常感叹，洗河两口子过的就是拉磨驴的生活，一年到头低着脑袋转，一口气都不歇。冠军养得小心，过了三岁毛病少了，和正常的孩子差不多，就体质差了一点。我姑妈建议多锻炼，没事动一动，洗河中午和晚上就把他带在身边，走街串户一起卖豆腐。小家伙蹦蹦跳跳，手里攥着洗河给买的奶糖和好玩具，嘴里哼着姐姐教的逻辑不明的儿歌：小老鼠偷油喝，被它妈妈抱起来。

6

　　冠军六岁那年夏天，炊烟将升未升的黄昏，他跟洗河经过西大街。洗河把车子推到街头，发现儿子没了，回过头去找，看见他胳膊背到身后，站在郑启良家的门楼底下。洗河知道他在看郑启良，心想，看吧，再不看就没机会了。经过郑启良门楼前，洗河眼睛余光扫一下院子，一个人影坐在院子里的老槐树下，他知道那就是郑启良。他也就能坐坐了，像个影子，顶多是堆没用的肉。郑启良中风已经两年。开始只是面瘫，右半边脸突然不能动了，以为中了邪，他老婆就去河边给神神鬼鬼的燃香烧纸，然后回来帮他揉，揉了好多天，还是死肉一块。只好去医院查。医生说面瘫，开了一堆药让他吃。郑启良平生最怕吃药，咽不下去，一口水进到嘴里，水下去了药还在，一粒药丸要一大杯水才能带下去。他就偷工减料，吃一半扔一半，结果面瘫没治好，一早上醒来，整个右半身都不听使唤了，怎么也翻不过身来。三条街的人都说，他当主任时就爱偷工减料，偷偷减减公家的也就罢了，自己的也偷也减，活该。

冠军看见槐树底下的那个老头举起颤颤巍巍的左手，对着他拨拉一下，又拨拉一下。他的左嘴角往上吊，左边的眉眼和皱纹也在生涩地错动，右边却寂静无声。冠军觉得很好玩，那张脸上好像还有另外一个人。老头啊啊地叫唤，左脚尖也一次一次地往上翘。冠军犹豫进去还是不进去。从堂屋里走出来一个白白胖胖的大姑娘，她先走到郑启良身边，喂了几口水，然后才看到站在门外的冠军。她说：

"进来啊。我爸让你进来。"

冠军认识哨子，她去蓝麻子家买豆腐常经过他们家门口。经过门口的时候会突然加快脚步，像逃跑一样瞬间而过。大家都说她头脑有毛病，但冠军不这样认为。他有时候会在石码头上遇到她，如果她是从运河对面的菜地里回来，就会顺手给他一个萝卜或者一根黄瓜。给他萝卜和黄瓜时她老重复同一句话："我知道你姓陈，你叫陈冠军。"开始冠军不敢接，后来熟悉了，给了就吃，他也重复同样的回答："我叫陈冠军。我也知道你叫郑哨子。"

哨子这些年生活平静，少有惊吓，病好多了。她已经能把三条街上的所有人都重新认出来，见到人知道说话，也能和别人有一搭没一搭地聊天。尤其这两年，郑启良中风以后，头脑堵上了不太好使，她在家里负责照顾，逐渐恢复了一个姑娘家该有的细腻和耐心。两个姐姐出嫁了，她妈要操心田间地头的事，郑启良只能由她来料理。因为要细微处下功夫，如果你不看她的转动偶尔不是很利索的眼珠子,你发现不了她还有什么问题。我在南京念书时,母亲在电话里跟我说,要是郑启良能多瘫痪几年,没准能把哨子的毛病治好了。当然郑启良还是没能坚持几年,他死掉之后哨子也嫁人了。婆家说,傻什么?不傻,跟好人一样,下雨知道朝屋里跑。就是隔一两个月会做一次噩梦,大叫着醒来,梦见白蛇缠身。婆家人又说,其实梦见白蛇缠身好啊,找羽山上的常道士解过了,吉祥着呢,早晚发大财。这已经是后话了。

哨子对冠军招手:"进来,我爸叫你!"

洗河想阻拦已经迟了,冠军进了院子。为了对冠军微笑,郑启良拼命地把嘴角往上拽,口水沥沥拉拉挂下来。他说:"你,啊啊啊。"哨子替他擦掉口水,他又说,"你,啊,啊啊啊。"哨子说:"冠军,我爸让你到这儿来,他给你讲故事。"冠军往前凑了凑,他觉得哨子她爸很好玩,又有点可怕。他想不明白一个人怎么会变成这样,右边的脸上有个人,右边的身子上还有一个人。当郑启良的手快触到他脑袋时,冠军躲开了。郑启良又啊啊啊地叫,口水流个没完。哨子说:

"我爸让你别怕,他要给你讲白蛇的故事。"

郑启良左脸上的皱纹突然滚动起来,像有很多虫子在脸皮底下乱窜,眼睛都变大了。冠军吓得转身就跑,迎面撞上站在门楼边的洗河。洗河站在那里几分钟了,犹豫着是否该把儿子喊出来。洗河拽着儿子就走,快出西大街才说:

"以后不许你进他们家!"

"为什么？"冠军很少看见洗河的脸板成这样。

"让你别进就别进！"

冠军低下头，心想越不让进我越进。拐弯的时候他回头看西大街，很多条炊烟像柱子一样从各家的屋顶上长出来，越长越高，然后涣散分解，飘到了天顶上。

在郑启良死前的两年里，冠军放了学经常背着父母跑到郑启良家玩上一会儿。刚开始对郑启良还有点陌生和怕，熟了就百无禁忌，顽皮起来甚至会拎着郑启良右边的嘴唇往上拉，希望他能完整地笑出来。郑启良也不生气，由着冠军拉他的脸皮，抬起和放下他那只提前死去的右手，他只顾用左手去摸冠军的头。他对冠军用半个脸笑，口水不断地往下流。他开心地说："啊啊啊。"冠军跟郑启良玩，当然也跟哨子玩，哨子把她爸千篇一律的啊啊啊翻译成不同的故事，每一个故事都有一条白蛇。骑自行车的白蛇。摇船的白蛇。躺在船舱里的白蛇。喝水的白蛇。说话的白蛇。缠在男人身上的白蛇。两条扁担那么长，吐着火红的蛇芯子。听得冠军一惊一乍。哨子从来不讲从运河里突然蹿出来的那条白蛇。

郑启良的老婆当然不爱看见苏绣的儿子，即使不是亲生的也不想看见，但因为郑启良和哨子喜欢，就没赶他走，相反多少还有一点感激。郑启良的日子不多了，谁都看得出来，离开人世之前得到的这点快乐，拿钱也买不到。哨子也因为冠军常来，高高兴兴，眼珠子越转越活泛了。所以郑启良老婆有时不免羡慕起苏绣，这个狠毒的狐狸精，竟也有这么个好儿子，虽然不是亲生的。她和郑启良一辈子没生出个儿子，想来也叹息。

西大街和花街一根烟的工夫就到，放个屁这边都能听到响，还有那么多眼睛和嘴，洗河跟苏绣不可能不知道冠军三天两头往郑启良家跑，但他们什么话也没说。一是不愿意把他们之间的恩怨扯到孩子身上；另一个，他们也越发忧虑，怕两个孩子知道他们不是亲生的，伤着他们。都懂事了。他们依然埋头苦干，当真是起五更睡半夜，现在每天要做六锅豆腐。城里的定点饭店多了，招娣和冠军也能搭上手，能做的事苏绣还是坚持做。

冠军九岁那年，郑启良死了。那时候郑启良只能躺在床上啊啊啊了。冠军放了学跑去看他，他打开语文书要给郑启良念一个故事，郑启良啊啊啊地高兴。他开始念，哨子坐在一边给他织毛线手套。念到一半哨子打断他，让他把手伸进手套里试试大小。正好。冠军继续念，郑启良突然啊啊啊急促地发出声音，脖子一挺一挺的，右半边的身子能动了。冠军说："看，好了！"郑启良又啊啊两声，头一歪，不动了，两只眼直直地盯着冠军。那眼神里好像有东西在动，冠军吓坏了，丢下书就往哨子身后躲。哨子摇动几下郑启良，然后放声大哭。

7

郑启良的坟墓在运河北岸。三条街上的死人都聚集在那里。冠军从郑启良的新坟旁离开，摇船回到家，说他想起郑启良最后的眼神里游动的是什么东西了。白蛇。一个眼神里一条。

苏绣的脸当时就撂下来了，说："瞎说，哪来的什么蛇！"

"真的，"冠军认真地说，"我亲眼看见的，两个东西在动，就是白蛇。"

苏绣顺手给了他一耳光。打完了自己先呆了，九年里她都没大声跟儿子说过话。冠军委屈地哭了，说："就是白蛇嘛！我看见的！"

苏绣把一口气拼命往肚子里咽，咽得一丝不剩了才蹲到儿子跟前。"别哭了，是妈妈不好。妈是怕你被吓着。哪有什么白蛇。"

"有。哨子说有,她见过。有很多。"

苏绣眼泪忍不住就往下掉。她说:"她骗你玩的。听妈的,这世上没有白蛇。"

冠军看见他妈哭了,有点莫名其妙,但他是个好孩子,就说:"嗯,我听妈妈的。"

郑启良死后两个半月,哨子匆匆出嫁了。临时介绍的外地人,好像还不错。按我们那里的风俗,如果老人去世,晚辈的婚嫁必须在三个月内完成,否则要等三年以后。我也说不清道理在哪儿。对冠军来说,郑启良和哨子都不在,西大街就空了,一点点从他的生活里消失掉。他重新回到自己的九岁时光里,念书,和同学玩,一个人玩,经常在放学之后走到石码头上,坐在石阶上看船和水。对岸是三条街上人家的菜地和公共墓地,郑启良埋在那里。不知道是因为郑启良的死和哨子的出嫁,还是因为体弱,冠军变得忧郁和敏感,像我当年那样,心里生出混沌的希望和绝望,说不清也道不明,在水边一坐能半天不挪屁股。他拒绝和父亲一起卖豆腐,别人去他家买豆腐或者加工豆腐,他也很少伸手,喊一声父母就回屋里做作业了。冠军的学习成绩在那之后突飞猛进,连着三学期都是班级一二名。这可把洗河跟苏绣高兴坏了,儿子有出息了。没想到祖坟上还有这么一棵蒿。洗河弄了两个菜,带一瓶好酒和几刀烧纸,划船到对岸给列祖列宗的坟前各烧了一刀纸。与此同时,招娣的成绩每况愈下,高三结束没考上大学,勉强拿到张毕业证回家了。

洗河没觉得招娣考不上大学有什么不妥,花街上考上大学的没几个。考不上就不上嘛,哪里黄土不埋人,总有吃饭的地方。那时候三条街上已经兴起了打工潮,年轻人在家里蹲不住了,梦想着到大城市里赚大钱、当老板,出人头地,跑北京,去宁波、上海和广东,哪里有钱往哪里跑。招娣和几个落榜的同学一起南下,去了深圳。苏绣有一番舍不得,但守着又不合适,花街实在太小,总不能让招娣也跟豆腐耗上一辈子。招娣说,爸妈这些年太辛苦,白头发都有了。她要挣大钱,要让爸妈清闲些,要供弟弟将来念最好的大学。两口子眼泪是落了,却也很感欣慰,想想当年猫一样大的小东西,竟也长成了大人。

他们的确是老了,有和年龄不相称的白头发和皱纹。看起来比我爸妈年龄都大。有天晚上苏绣到我家跟我妈聊天,拨开头发让我妈看,花白只是外面,里面的头发一直白到了根子里。看得我妈都跟着心酸。

外面的头发一年以后也白了。这是冠军十二岁的夏天,他在运河里洗澡淹死了。

8

运河边的男孩从小就会水。天热了就进水，游泳，打水仗，比赛追船，游到河对岸偷西瓜、萝卜和桑葚。不会水那要给同伴们笑话死。冠军也会，因为先天身体有毛病，苏绣一般不让他随便下水，小时候洗澡洗河都跟着。过了十岁，冠军的体质虽说不是很好，但也绝不病病歪歪，一年难得有两次感冒，苏绣和洗河逐渐就放心了。冠军也不让洗河再跟着。

那年天热，鸡鸭鹅的嘴一天到晚张着，闭上就喘不上气。老鼠热得成群结队地往水里钻。很多年不下水的老太太也开始往水里走。以石码头为界，男人在四百米远的左边洗，那地方有个沙底的水塘，多少年来就是洗澡的好地方；女人们在石码头右边五百米的地方新辟了一块天地，老女人小媳妇都跳下去。大人们洗洗就上岸，小孩子玩不够，进去了就不愿意出来。

那天中午阳光把槐树叶子都烤焦了，河两岸飘荡着似有还无的青草的煳味。到了下午两点,一阵清凉湿润的风从东南方向吹过来,太阳隐到了厚云彩背后。那些棉花团似的闪光云朵跟着风向花街上空缓慢移动。冠军午睡起来坐在电扇底下发呆,几个孩子在门楼外喊他去洗澡。他光着上身只穿短裤就跑出来,印有米老鼠图案的T恤提在手里。跑出门的时候,他对正在泡黄豆的苏绣说:

"妈,我去了!"

苏绣说:"早点回来啊。"

冠军已经跑远了。冠军死后,苏绣一度精神恍惚,祥林嫂似的老重复一句话:我当时怎么就没听出来呢,他说妈,我去了。这是冠军留给他们的最后一句话。运河里已经有好几个孩子,年龄稍大的游到河中央,小的就抱着充过气的橡胶轮胎练习游泳。冠军和同伴们约好了游泳比赛。天上的云朵开始变厚,像光洁的棉花团变质发暗,太阳缓慢地躲进去,阴影以双倍的速度覆盖河面。冠军把脑袋从水里露出来时,左耳边是啪啪的水声,右耳边是风经过槐树叶、灌木和青草的哗哗的声音。

风降低到水面上时,天暗下来。东南方向的雨腥味正往这边赶。一轮比赛结束,冠军看见闪电在遥远的东南方向像一把把幽蓝和银白的尖刀割裂天空。要下雨了。不少孩子开始上岸,冠军也要走,几个比赛的同伴说:"认输就走。"冠军哼了一声,又跳下水。他游得不算最快,也绝不会最慢。

大雨说来就来,天又黑又沉,几乎压到了河面上。浪涌变大，运河开始变黑，像谁倒了越来越多的墨汁。一个雷在头顶炸响，巨大的白雨点砸到水面上，一滴雨一个坑。他们正奋力往回游。冠军看见天就悬在头顶两三尺处，水浪不停地扑到脸上，堵住了他的鼻子和嘴，他觉得呼吸开始困难，身体里的某个地方突然板结，在板结的地方有道尖锐的疼痛。然后他看到一条耀眼的白色巨蛇从漆黑的水里蹿出来，他惊叫一声：

"白蛇！"

游在他身后的同伴听见了他的叫声，当他躲过一个水浪翘起脑袋向前看时，冠军不见了。那同伴事后说，他当时还想，冠军作弊，一个猛子扎进水里了，上了岸他就揭发。但是所有的孩子都在大雨里上了岸，发现单单少了冠军。此时洗河穿着雨衣拿把伞也跑到了水塘边。洗河问：

"冠军呢？"

他们说："他扎了一个猛子，就不见了。"

洗河感到小腿肚子里面有两根筋剧烈地扭转一下，腿立马软了，放开喉咙大喊："冠军！"

半天没动静，满天地只有水落在水里的声音，此外是闪电、惊雷和雨打草木之声。洗河脱掉雨衣就往河里跳，每向前游动半米就最大限度地张开四肢向周围摸索，乌黑的水里他什么都看不见。岸上的几个孩子意识到问题严重了，年龄大一点的也跳下水，年龄稍小的三个分别去花街、东大街和西大街叫人。

十分钟左右，先后有四十多个男人跳下水和划起船，一起在河面上找。苏绣雨衣没穿，伞没打，踉踉跄跄地跑到河边，摔坐在泥水里，她的腿软得站不起来，就跪在泥水里向前爬，她要爬进水里找儿子。她哭得撕心裂肺，眼泪跟雨水混在一起，就是发不出声音。一点声音都发不出来。有人在后面拉住她，她就一下下拍着泥水，最后整个人趴到地上，一张脸都埋到泥水里。

一个下午都在寻找和打捞。黄昏时分，雨停了，太阳在西半边升起来，往上跳了一下，紧接着就往下掉。划船的红旗在下游两公里远的芦苇丛边找到了冠军的尸体。此时的苏绣眼神涣散，湿头发已经干掉，在风里像乱草一样飘飞。她一遍遍地说："我当时怎么就没听出来呢，他说妈，我去了。"洗河因为心痛和劳累，虚脱了，看见儿子躺在船上，一张空脸上只有眼泪。

那个游在冠军后面的孩子说："我想起来了，他叫了一声，白蛇！就没了。"

苏绣听到"白蛇"两个字无动于衷，半天突然笑了一声。然后继续面无表情。

红旗问他："哪来的白蛇！你听清楚了？"

"嗯。"

"你也看见了？"

"没有。我就看见一道雪白的闪电，从天上插进了水里。"

除此之外，问不出别的东西。最后大家的判断是，冠军被闪电吓晕了，导致溺水身亡。知道冠军病史的人在心里添上一句：那一刻一定是心脏病犯了。

不管什么原因，人是死了。冠军的小尸体被抬回家，苏绣和洗河谢过大家，关上了院门。院门关了两天，任街坊邻居怎么敲怎么喊都不开，搞得大家都着急。既担心洗河两口子出事，又担心这大热天的，尸体放在家里不是个事。谁都知道他们这些年是如何宝贝冠军的。

第三天门开了，出来两个头发雪白的人，他们俩花白的头发如今全白了，跟假的一样。过去我一直认为所谓的"一夜白头"是小说家的杜撰，是急功近利的夸张，回到家看见苏绣和洗河才真正相信。那一头的白让人心碎，一根杂色都找不到。他们的痛苦无人能及，所以白了。如街坊们所料，冠军的确是被放在了过去盛豆腐的冰柜里。如果不是苏绣一再地劝说，洗河打算把儿子在冰柜里放一辈子。他知道除此之外，再也没有别的办法见到冠军了。

这是他来之不易的唯一的儿子，也是最后的儿子。他不想这么快就让他离开，他只在他身边待了十二年。十二年何其地短，不过是一头黑发变白的时间。

9

    冠军也葬在运河北岸的墓地里，小小的一个土堆子。我去看过，像一个孩子那样小。听我爸妈说，洗河跟苏绣经常划船到对岸去看冠军，每次都哭得死去活来。我妈说，放在谁也难过，活一辈子不就为这两个孩子么。孩子没了，不哭哭还能干什么。因为看冠军，洗河差点变成了糊涂人。这件事有点神神道道，但我爸妈告诉我绝对是真的，他们亲眼所见。

    葬过冠军两个月，天依然挺热。晚饭后洗河拎上竹篮和铲子，划船去河对岸自家的菜园子里挖菜。晚上十一点多了也没回来，苏绣怕出事，就往石码头上方向走，一路没遇到。她以为洗河顺道和我爸聊天了，就敲我家的门，那会儿饭店早打烊了，我爸妈正收拾准备休息。我妈说，没见到洗河啊。苏绣尖叫一声坏了，就让我爸妈拿了手电跟她一起到对岸去，洗河一定在冠军坟前。刚到码头边就听见哗哗的水声，我爸用手电往运河里一照，洗河正在不远处的河心里把船划得一圈一圈地转。我爸冲他喊：

"洗河，你在干吗？"

洗河停下桨，抬起胳膊挡住手电筒的光。苏绣也扯起嗓子叫他。半天洗河才开始划船，慢慢靠了岸。上了岸他慌慌张张地看着我爸妈和苏绣，满头满脸都是汗，他说："它不让我走。它不让我走。"我妈听了鸡皮疙瘩直往外冒。

"谁不让你走？"我爸问。

"不知道。不知道。"洗河说，"我左划右划就是划不过去。划到哪里最后都划到那个地方。它不让我走。"

苏绣真的吓坏了，声音都哆嗦了，问我爸："洗河不会中邪了吧？"

"听他说的应该是'鬼打墙'。"我爸也不敢肯定，鬼打墙他只是听说过，就是绕来绕去绕不出去，鬼在你跟前打了一堵墙，总回到老地方。原地打转。"可这种事好像都是走在坟地里才能遇到。"

"这可怎么办？"

"别怕，让洗河先睡上一觉。醒来就该没事了。"

我爸妈帮着把洗河送回家，他整个人迷迷瞪瞪，神志不太清醒，一直重复"它不让我走"。安顿好洗河睡下，他们一直陪着苏绣坐了一夜。苏绣那样子，再来一点打击就可能崩溃。她差不多哭了一夜。第二天一早我爸妈离开时，洗河还没醒，呼吸平稳。他们刚到石码头上就遇上一群人，那些凑在一起的脑袋说，郑启良的坟被人掘掉了半边。

早起的人去对岸菜地，经过墓地边上，发现郑启良的坟被掘了，豁了一个大洞，还好没露出棺材。新鲜的铲土的痕迹。掘坟这种事在花街相当少见，不吉利。解放前外地的强盗过来盗墓，倒是掘开过几个老坟，一无所获地走了。老坟都迁了，新坟里啥值钱货也没有，没理由。只有两种可能，一是哪个头脑坏了，碰巧把郑启良当坑挖着玩了；要么是仇家找上门了。我爸立刻想到洗河，转身就往回走。如果是洗河干的，最好的解决办法是一声不吭地把坟给补上，烧刀纸说两句好话。人死为大嘛。犯不着。

苏绣正要出门再找我爸妈。洗河人已经醒了，但头脑没醒，问什么都呜呜呜说不明白。昨天晚上的事完全记不起来。我爸拍拍他的后背，让他慢慢想，昨晚他是怎么回到家的。洗河茫然地看看我爸，无辜地摇摇头。我爸继续拍他后背，突然觉得手底下有点异样，他在洗河后背上摸索几下，掀开他衣服，赫然看见竖排反写的"郑公启良之墓"六个阳文大字印在右后背的肉上。其他地方也有小一点的文字，已经模糊不清了。我爸后来说，他当时冷汗就下来了，太恐怖了，都瘆人了。都是些什么字啊。我妈和苏绣一起惊叫起来。我爸头脑里闪过的第一个念头是，洗河被郑启良的鬼魂缠上了。没等他说出口，第二个念头接踵而至，我爸明白了，一定是洗河干的。他掘了郑启良的坟，而且倚着墓碑坐了很久，所以碑上的阴文刻字才会以阳文的形式印在他背上。但问题是，从昨天晚上到现在，起码六七个小时过去了，印痕居然没有平复。我爸的后背继续发凉。

"你掘了郑启良的坟了?"我爸问洗河。

他依旧茫然地看看我爸,摇摇头。搞不清是没掘还是不知道。

我爸让苏绣把昨天晚上洗河用过的铲子从竹篮里拿过来,上面粘着一团团黄泥。"苏绣,"我爸说,"我看最好是过河把郑启良的坟补上,再烧点纸,祷告一下。死人有时候比活人还难缠。"

"我不去!"苏绣立刻反对。我爸妈也觉得不合适,她给郑启良补坟烧纸,那成了什么事。

"我们陪你,你就在边上站着,说几句软话。其他的我来干。都为了洗河。"

最后一句让苏绣的眼泪又掉下来。一家人成了这样,还有什么不能干的。

苏绣把洗河锁在家里,跟着我爸妈过河去了墓地。郑启良老婆正坐在坟前号啕大哭,一边哭她可怜的男人,一边咒骂掘坟的人不得好死,一边用手往坑洞里填土。那坟掘得真不成个样子,这里一铲那里一铲,掘得既仇恨又潦草。我爸把郑启良老婆拉起来,没跟她说坟是谁掘的,撒了个谎说,冠军在苏绣的梦里递了话,说老郑的屋子漏雨了,让他爸抽空给修修。老郑生前不是喜欢冠军么,这孩子良心也好,就托了梦。这会儿洗河忙别的事,他和我妈陪苏绣来还孩子的愿,希望她能理解。

郑启良老婆似懂非懂，我爸妈已经挥起铁锹开始填土了。坑洞很快被填满，我爸用锹头培结实了，让苏绣烧纸。苏绣背对郑启良老婆，烧纸时只动嘴不出声。她憋着，忍着。等纸烧完了，她转身就往冠军的小坟堆那边跑。两座坟离得很近。苏绣扑倒在儿子坟前，终于发出了声音。为儿子哭，为洗河哭，更为自己哭。一辈子经历成这样，的确是需要大哭一场的。大约就因为苏绣的伤悲，郑启良老婆心也软了，后来没再找洗河的碴儿。

第二天，洗河恢复了理智，背上的字迹也消失了。对我这样的无神论者来说，这事相当诡异，跟迷信没两样。但我爸说，我可是亲眼所见，你爹的话你不信，你妈的话总该信吧？我妈说，我看见的跟你爸的一样。我一点办法也没有，也许有些事就这样，我说不好，你也说不好，大家都说不好。

正常后的洗河慢慢回忆起前天发生过的事情。他去菜地，挖完菜不由人就走到冠军的坟前。他说，我难受啊，真难受，里面是我儿子，可我再也见不到他了。他就挑一个地方坐下，看着儿子的坟墓。其实什么都没想，就是脑袋空空地难受，欲罢不能地心痛。看不见摸不着的儿子。没感觉到坐了多久，夜就变深。他担心苏绣着急，站起来身来要走，发现自己竟然坐在郑启良的坟前，倚的是他的墓碑。突然就恼火起来，莫不是郑启良这老东西死了也作怪，把冠军弄到了阴间。越想越有道理，冠军自从进了那老东西的院门，整个人就变了，还有那个脑子不好使的哨子，整天白蛇来白蛇去的。冠军一个孩子，

123

哪知道什么白蛇,一道闪电至于把心脏吓坏么。水边长大的孩子,哪一个没见过几十条闪电。冠军的死跟郑启良脱不了关系。

洗河怒从心头起,操起铲子就掘,本想掘几下解解气,却越掘越感到失去儿子的难过和绝望,就一口气掘下去。掘累了停下来,他才发现已经挖出了一个坑洞,豁掉的那块比坟墓更黑。他感到了怕,拎起竹篮就往河边跑,解船,用力开始划。水面黑如另一个夜,看不见星星映在水里。他拼命地划,可怎么也划不过河中央。他就换个地方往前划,还是到不了河心。转来转去又转到刚起步的地方,好像有根绳子一次次把他拖回原地,又像有堵看不见的墙横在河心,他忙出了一身汗也冲不过去。洗河说他对着石码头方向大喊过好几次,没人理他。我爸妈觉得奇怪,他们根本就没听见水里有人声。洗河在水上折腾了差不多一个小时,然后看见手电筒的亮光,他再用力,竟然冲出去了。他说那条绳子和那堵墙,一定怕光。

"不是怕光,"我爸说,"是怕人。"

洗河终归是摆脱了"鬼打墙",只是话少了,言谈也有点迟钝,经常正干着活就停下来发愣。这都正常,儿子没了,痛苦都装在心里,谁也高兴不起来。他们再次沉默,两颗白头在花街上低下去,再低下去。他们的内心无人知晓。

10

后来我去北京工作,一年难得回花街一两次,回去也都是三两天。我妈说我每次回去都像做贼,屁股焐不热凳子又走了。洗河家的事,大多是在跟爸妈通电话时听到的。

先是洗河出了车祸,成了瘸子。他骑自行车送豆腐时又走神了,没看见城市里的红灯亮了,迎面一辆桑塔纳冲过来,连人带车摔到路边。左腿垫到马路牙子上,自行车接着压上去,小腿粉碎性骨折。豆腐白花花散了一地。在医院待了两个多月,腿保住了,但成了瘸子。好在医药费对方出了一大半,要不又得倾家荡产。这一折腾,两个人的皱纹又多了几十条,五十出头已经完全老态了。为防再出事,苏绣给洗河买了一辆脚踏三轮车,稳当。洗河的腿脚不方便,推和骑都放心。

然后是招娣的亲生爹娘找上门,想把招娣要回去。不知道他们是如何打听到这里的,看起来老实巴交的一对老夫妻,进了花街就问陈洗河家在哪儿,他们要找亲生女儿。招娣在深圳没回来,洗河跟苏绣多少松口气,就开门把他们俩迎进家去。大约半小时,苏绣慌慌张张跑到我家,让我妈去帮着说说话。那老两口不讲道理,生下招娣时他们不要,卖掉,现在孩子养大成人,他们突然后悔了,想把孩子认回去。哪有这样的道理。苏绣怕得要死,她和洗河不能再没有招娣了。

我妈也很生气,跟着苏绣去了。老两口都在抹眼泪,一把鼻涕一把泪,说这些年如何如何想这孩子,不知道她享福了还是受苦了。享福倒还好,若受苦,他们这当爹娘的真要遭天谴雷劈了。现在他们身边的孩子都成家了,一个个都不孝顺,把老两口扔窝棚里不管了。他们就加倍思念那个送了人的女儿,这两年一直在四处打听,总算找到了花街。

"老哥老嫂,"苏绣说,"孩子是爹娘心头肉,我懂。可招娣是我们拉扯大的,我们一直把她当成亲生女儿。长这么大我都没舍得打过她一下。"

"你再疼她,我们也是她亲生爹娘啊。"招娣的亲妈说。

"招娣不知道她是抱养的,"我妈说,"她一直把洗河跟苏绣当成亲生爹娘的。"

"那也只是当成。养父母到底还不是生父母嘛。"招娣亲爹说。

"不……不行!"洗河慢吞吞地说,本来这几年他说话就慢,一着急更结巴了,"我跟她妈……操啊操的心……不比任何一个亲生爹啊娘操得少。她就认我们是亲生啊父……父母。"

苏绣说:"孩子都大了,冷不丁冒出另一对父母,她会受不了的。"

"是啊,"我妈也说,"招娣心重,万一受不了,那等于害了她。她在花街过得一直都很好。"

"一听就知道是我生的,心重。"招娣亲妈说,"我也心重,心不重也不会厚着脸皮找上门来。我不知道后悔了多少年!一想到那几个不孝的东西,我就更想她了。我的亲闺女啊。"

纠缠下去不是个办法,我妈出门找我爸,让他带几个街坊一起过去,不给他们点脸色看,他们还以为花街人好欺负。正好饭店里有几个家伙喝高了,我爸叮嘱几句,一块儿都开进了洗河家。这一招很管用。几个人喷着酒气插科打诨。这个说别欺负人啊;那个说你们凭什么要招娣;第三个说你们走时告我一声,我开车送送你们,车上什么都有,要镰刀有镰刀,要锄头有锄头;第四个说,怎么还不走,要八抬大轿抬上才走啊?老两口哪料到有这阵势,脸都黄了,四只老眼转几圈,站起来说:

"我们自己走。自己走。"

喝过酒的几个家伙看着他们走出花街,才放心地回去继续喝酒。我爸说,干得好,这顿酒他请了。但是洗河跟苏绣还是怕,既然找到了花街,他们不会就此罢休的。他们一定会再来。招娣早晚会知道,谁知道她会不会跟着亲生父母走呢。即使不走,也会左右牵挂为难,反而可能更麻烦。上次她回家,知道弟弟死了没告诉她,哭了两天,一星期都没怎么吃东西,去深圳之前,每天都去冠军的坟前烧一刀纸。我妈觉得招娣不可能甩甩手就走,那孩子,看着长大的,绝对不可能。至于牵挂为难,就难说了,她心重。

"给点钱能不能打发?"我爸说,"听那口气,是想要钱来的。一遍遍说家里的孩子不孝,活不下去了,想起闺女了。招娣要是也不孝顺,他们要回去干吗?分明是找甜头的。"

我妈也觉得有道理。"再来就给点钱,说好别再纠扯不清。"

几个人越说越觉得是那么回事。洗河跟苏绣才放下了心。

事实上那老两口一直没再来,原因不明。起码到我讲完这个故事时,他们还没有走进花街。三个多月后,招娣突然从深圳打个电话到我家,说有急事。我妈一路小跑找来苏绣,她远远地看见苏绣抱着电话把手挥来挥去,偶尔跺一下脚。接足有半小时。挂电话后,我妈谨慎地问,是不是招娣遇什么事了?苏绣赶紧摇头,没事,没事。她向门外走,过了门槛又退回来,犹豫半天说:

"姐,也不瞒你了,这孩子说她有了。"

我妈一下子没反应过来。看苏绣衰弱的表情才明白什么事。"你是说——"我妈试探着,"她才多大呀?二十出头啊。"

"女大不由娘啊,"苏绣疲惫地坐到椅子上,"她厂里的一个男孩。家在海陵镇。三个月了。"

海陵镇离花街不远,不到一百里。"你打算让她怎么办?"我妈说。

"我就想听听姐的看法。我也没主张了。她还小。可是,我又担心。你也知道,我怕——"

我妈明白了,她怕做掉了以后生不出孩子。她被自己吓怕了。这就不好办了。照我妈的想法,当然做掉,生不了孩子毕竟少数。但谁敢打这个包票。万一呢。这"一万分之一"也要人命哪。

"招娣说,她和那男孩最近老吵架。她怕最后走不到一块儿去。他现在不想结婚,家里也不打算让他结。"

要命,屋漏偏逢连阴雨。撞一块儿了。

"我真怕,"苏绣抱着一头白发缩在椅子上,这两年她明显瘦了,像个小老太婆,"我真是怕。"

那天我妈没有帮她拿主意,拿不了。只好让她回去跟洗河商量。第二天,苏绣眼圈乌黑地到我家,手里捏着一张写着电话号码的白纸,给招娣打电话。她在电话里语气坚定地说:

"留下,无论如何都留下。明天你就买车票回家。"

她让招娣回来保胎,怕她有闪失,也防止她听信那男孩的话去医院里打掉。

招娣就回来了。临行前跟男朋友吵了一架,闹得都提到了分手。

大年初六我回老家结婚。按花街眼下的习俗,新娘要坐轿车进婆家的门。我老婆喜欢水,她要坐船。我爸就找了四艘船,贴好双喜扎上花,船头上各挑起两只喜庆的大红灯笼,每条船上请了两个鼓手,一路欢闹,沿着运河漂游二十里再回来,从石码头上岸,再由我把老婆背进家门。我在鞭炮声里刚把老婆背上身,对面花街上驶过来一辆小面包车,一个陌生的男人走在车前,也挑着一挂鞭噼里啪啦地放。我以为是老同学或者朋友过来贺喜,可我不认识那人。我把老婆送进新房里,然后出来迎接客人,顺嘴就问我妈。我妈说,那是招娣婆家的车,接招娣和孩子的。

"谁的孩子?"

"招娣的,"我妈说,"都满月了。男孩。"

"结过婚了?"

"没有。男家本来不想要孩子的,听说是男孩,又非要不可。"

"什么人哪!"我老婆在旁边说。她觉得一个人坐在房间里不好玩,就出来找我。她听我说过洗河家的事。"妈,要就给了?"

"来好几趟了。苏绣不答应,她提两个条件:一、把招娣也一起带走,两个月后结婚;二、必须给三万块钱。"

"给招娣?"我说。

"给苏绣和洗河。今天男家总算把三万块钱凑齐了。"

我老婆哇一声,说:"那不等于卖女儿么?"

"谁知道呢,"我妈叹一口气,跟着推我们,"看看你们俩,都结婚的人了还不懂事,就知道玩,招呼客人哪!"

我老婆对我撇撇嘴,跟我一起招呼客人了。

第二天晚上，我们一家刚吃过晚饭，苏绣和洗河过来了，我才想起来他们昨天没过来喝我的喜酒。现在专程来道喜。

"昨天我们没过来，是觉得不合适，"苏绣不停地向我们表示歉意，"招娣去海陵，等于我们家走了一个人。过来怕对你们不吉利。再说，招娣跟那男的还不知道什么结果，要是没个好结局，对你们也不吉利。"

这种迷信我向来不当回事，但他们真这么考虑了，我们一家人还是很感动。我老婆不谙世事，嘴里藏不住话，小声问苏绣："阿姨，你们为什么要招娣婆家三万块钱？"她刚问完我就碰一下她的膝盖，她还不明白，说，"你碰我干吗？"完了，怎么就学不会拐弯呢。其实我也满脑子疑问，照他们的为人，不应该，但我知道这话不能当面问。我妈也觉得挺尴尬，打圆场说：

"你们别介意，他们小，不懂事。"

"没事，我知道大家都想问这个。"苏绣笑得苍凉，"除了招娣，我跟洗河什么都没有了。不能再没有招娣。我想过了，如果招娣亲生父母再来，给他们两万，就当招娣孝敬他们养老了。我们不会让招娣走的。还有一万，"她停下来看看洗河，洗河也笑笑，用右手碰了碰她的左手，苏绣继续说，"我们怕招娣在那边不受待见，万一回来了，也好给她买点滋补的东西，这时候不能亏了身子。家里实在没几个钱了。"

苏绣说话的时候头发雪白，面目平静，仿佛几十年的光阴从未经过，是一睁眼就到了今天。

失声

我带着青禾在石码头上看船和大水,一个下午她也没说话。太阳落尽时,水面开始发暗,很多船聚拢到码头上,青禾说,她要回家了。上岸时我母亲看见了,母亲从水虾的小船上买了三条鱼,正准备拎进饭店。母亲说:"青禾,在我们家吃吧,阿姨给你炖鱼。"

青禾说:"不了,我妈一个人在家会不高兴的。"

母亲想了想,对我说:"你把青禾送回家,让你姚阿姨一块儿过来。"

我答应着,带青禾走进了花街。傍晚的花街升起水汽,石板路上的青苔也湿了。街巷窄,炊烟和饭香拥挤在路上,一户户人家的门后响起小孩断断续续的哭叫声,还有大人的呵斥。

"那道算术题想出来了?"我问青禾。

"想出来了,"她说,"可我不想上学了。"

"这怎么行?你才二年级。"

青禾不说话了,快到家门口时才说:"你别告诉我妈。"

姚阿姨在院子里洗衣服,两手插在木盆里,眼睛看着天。听到门响才回过神,说回来啦,青禾,作业都做好了吗?然后又说,青禾,到屋里拿瓜子给你木鱼哥哥吃。

我说:"姚阿姨,我不吃。我妈让我叫你和青禾到我们家吃饭,我妈给青禾炖了鱼汤。"

姚阿姨站起来,用湿漉漉的手背把落到脸上的头发理上去。"谢谢你妈,我们不去了,"她说,指着厨房的方向,"晚饭已经做好了。下次吧,下次一定去。"

我知道她们的晚饭一定没做,闻不到一点饭香。我也知道她不会去的,就像过去的很多次一样,她总是说,下次吧。我站在她们家的小院里,槐树上的一个什么东西掉进了我脖子里,摸了半天也没找到。我就说,那我回去了。青禾,明天放了学就去我家,我把另外一课给你讲一下。

回到家,母亲已经把鱼剖好了。厨房里的师傅在忙客人的酒菜,母亲做我们自己家吃的。我家在石码头上开饭馆,但母亲一直坚持亲手烧制我们自己的菜。母亲看我两手空空地回来了,只叹息说:

"这个姚丹。"

姚丹就是姚阿姨。和我们家关系一直都不错。冯大力冯叔叔,就是青禾她爸,没蹲监狱之前,是个杀猪的,我们家饭店里用的肉都是他送的。谁知道他会坐牢呢。都是无所事事的瘸腿三旺,你说你没事瞎说什么,死了活该。花街上的人都说,瘸腿三旺的嘴像个粪坑,喝了点酒就更臭了。那天天气不错,他和米店孟弯弯的儿子孟小弯喝了两瓶二锅头,酒喝到了,走路都气派了,脖子梗着,一路走得长长短短来到冯大力的肉摊前。

冯大力的肉摊前一向是花街的一个公共场所,大家没事都喜欢到他那里聊天。我听到的新鲜事都是隔三岔五从冯大力嘴里得到的。那天几个同样无所事事的男人在肉摊前说话,说街上在门楼底下挂小灯笼的妓女。评点哪个眉眼好看,哪个屁股长得好，哪个价钱便宜。他们也都是瞎说说找个乐子，没有人胆敢去摘谁家亮起来的红灯笼。都是一条街上的邻居，抬头不见低头见，谁好意思去做这个生意。事实上也是这样，在花街上赁屋而居的外地妓女，接待的都是外面的客人。

他们说，真正像点样的女人没几个，都是些土货，所以生意赶不上那些洗头房里的小姐。你看人家那些洗头小姐，小窝经营得多精致，从里到外都粉红，门窗粉红，床铺粉红，就是电灯光都是粉红的，一见那颜色就想干坏事。我们花街上的倒好，就挂一个小灯笼了事，有的灯笼里连蜡烛都懒得点。这像什么样子，没法比。

"关键是人不行，"瘸腿三旺插上来说，"要都长得像我们大力嫂子那模样，光床板生意也不会差的。"

冯大力正在给人家称肉，没听清楚三旺在说什么。

旁边的人哄笑起来。一个说："这倒也是。"刚才没笑的人现在终于也笑了，脸上都是面对一盘红烧肉的表情，猥亵的男人口角都不利索了。这些鼓励刺激了三旺，这个喜欢人来疯的瘸子彻底敞开了嘴：

"我说的是真话，要是我们姚丹嫂子也在门楣上挂灯笼，一年到头都歇不下来。"

这回冯大力听见了，他收完钱正在抢肉刀，一听就火了，他把手里的家伙哐当扔到肉案上，转身到了外面。"你说什么？"冯大力油腻腻的大手揪住了三旺的衣领，"你他妈的再说一遍！"

"大力哥，放手，放手，我说着玩的。你怎么舍得嫂子去挂灯笼呢？"

三旺把挂灯笼的事又说了一遍。我听别人说，冯大力的眼当时就红了，只有杀猪时他才会这样。

"你再说一遍！"冯大力一把将瘸腿三旺仰面朝天地摁到了肉案上。三旺尖叫了一声，酒醒了一半。他的后脑勺枕到了也是仰面朝天的刀刃上，刀尖划破了他的头。他抽出空摸了一把头底下，一手油腻腻的红。三旺喊起来：

"冯大力，你要干什么？"

"我要你把刚刚说的给我咽回去！"

他把三旺拎起来，依然抓着他的衣领不放。"咽回去！"

"我怎么咽？"三旺都快哭了，"我说她是妓女就是妓女啦？"

"你说什么？"冯大力把手里的瘸子转了个身，他看到了三旺后脑勺上的血。

"你老婆又没做妓女你急什么？你心里有鬼啊？"

就是这句话出事了。后来警察来花街调查的时候，大家都这样说。他们当时没想到冯大力的反应会如此激烈。更没想到三旺因为这句话把自己的命都搭上了。其实挺简单的事，一下子就变得不可收拾了。他们看到冯大力猛地把三旺摔到了肉案上，趴在肉案上的三旺没有转过身来，或者跳起来，而是一个劲儿地哆嗦，两条腿一长一短地抽搐，喉咙里发出鸽子才有的咕咕声，像无数的气泡一个接一个在爆炸。然后他们就看到三旺的身体突然挺直了，两条腿前所未有地平行起来，它们竟然一样长。接着三旺的脑袋歪到了一边，他们看到了一直隐藏在三旺脖子底下的血，带着一串串泡泡从肉案上垂挂着流下来。

有人叫了一声："三旺是不是死啦！"

很多人围上去，发现伏在肉案上的三旺已经成了一具死尸。他们没想到事情会突然变成这个样子，暧昧不清的笑不得不僵在脸上。冯大力也被吓坏了，眼里失态的红色迅速退去，一屁股坐到地上。三旺没能把说出的话咽下去，却吐出了无数的泡泡。他的喉管被切断了。在场的人都后悔没有在第一次割破三旺的后脑勺时，及时地把那把架在磨刀棒上的肉刀拿开，现在，它把三旺变成了一个死人。

冯大力因为误杀瘸腿三旺被公安局抓走了。警车停在冯大力家门前的时候，整个花街人都过去了。我也去了。我看到冯大力和老婆姚丹死死地抱在一起，姚丹都快哭疯掉了，整个人披头散发，衣衫不整。还在幼儿园大班念书的青禾，抱着母亲的腿也哭，嘴张得大大的，她被吓坏了。母亲把青禾抱在怀里，让她别哭，她不听，一直哭，张着手要爹妈。警察费了好大的力气才把冯大力夫妻俩分开，他们相互为了抓住对方，把衣服都撕破了。这个时候花街人才突然明白，为什么冯大力听到三旺的胡说时眼神不对了。正如父亲说的，三旺真是昏了头，他不知道冯大力两个人感情好得不得了吗？他们是花街上少有的恩爱夫妻。不管是谁，冯大力都不许人家说姚丹一个不字。

离吃饭还有一阵子。我爬上楼,和往常一样,我喜欢在黄昏和傍晚时分站在楼上,向四处张望。也只有楼上才安静一点,楼下的饭店里客人们推杯换盏,喧哗不已。很多都是过往码头的船老大,在运河水上见了面,总要停下来喝上几杯叙叙旧,发泄一下积郁已久的江湖气。楼上的风景很好。在花街这地方,只有站在高处才能发现它的妙处。

向前看是一片大水,几十年前曾经繁华过,据说是南北的交通要道。现在不行了,只是一条老得不能再起多大风浪的运河。水面上阴暗,黑夜从水里缓慢地升起来,遥远处的几盏漂移的小灯更显出水上傍晚的空旷。河对岸是繁盛的槐树,现在已经成了连绵的黑影,像看不断的山。向后看才是花街,整个一条街尽收眼底。我更喜欢看这边,青砖灰瓦的一个个小院子,房屋清瘦高拔但谦恭,檐角努力地飞起来。院子里种植着一棵老树,遮住大半个院子的阴凉,然后是门楼,也是瘦高的,都是上了年纪的古董。院门也是,两扇对开,挂着几十年前的锁。人从堂屋里出来,嗓门却很大,孩子喊爹娘,父母找儿女,叫上一声一条街都听得见。店铺都对着街开,那些尚未打烊的铺子里的灯光断断续续地照亮了一条街。杂货店。裁缝店。豆腐店。米店。寿衣店。烧饼店。馄饨店。每家的灯光照亮门前的一块青石板。白天泼下的水还没干,加上傍晚上升的水汽和苔藓,石板路上一段幽暗,一段清凉,斑斑驳驳地到了花街的尽头。

这些都不是最好看的,最好看的是那些外地来的年轻女人挂灯笼的时候。我猜很少有人能比我看得更仔细了。晴好的晚上，大约八九点钟，我瞒着父母偷偷站在南向的窗下，一家一家看过去，看哪一家最先挂起灯笼。那些外地来的女人，在某个小院里租一间屋子，靠身体生活。这是多年来的传统。石码头曾是这条水上远近闻名的大码头，商旅往来频繁，歇脚的，找乐的，都会在花街上停下来，找个女人排遣一下寂寞。久而久之就成就了一条花街，直到现在石码头衰落了，还有外地的女人找到这里来，做那些夜晚的生意。她们白天或者睡觉，或者和花街上的其他人一样，过着无可指摘的生活。到了晚上，她们渐次把床底下的小灯笼拿出来，点上蜡烛，静悄悄地挂在自己的门楼底下，告诉那些远道而来的男人，这里有一个温暖的女人在等着他。

　　我喜欢看那些红灯笼，走得或快或慢，最后无一不是卑微地挂在门下。然后女的就进了院子，等着谁来摘她的灯笼。运气好的时候，我能看见街两边十几、二十几个小灯笼逐一都被摘走，那些男人都竖起领子，低头疾走，像一只只过街的狐狸，然后快速地摘下灯笼，把蜡烛吹灭，吱嘎一声门响，消失在院子里。如果运气不好，尤其是天气不对劲儿的时候，男人就稀罕了，偶尔会出现一两个摘灯笼的，晃了一下就没影了。大部分的灯笼还要不懈地亮下去，直到她们自己出来摘掉。她们摘灯笼的时候我很少看到，那时候我早睡着了。当然，天气不好她们常常就懒得挂灯笼了。听花街上的人说，洗头房里的小姐都是出门招呼的，她们不，她们只挂灯笼。

再往前看，就看到了青禾家。青禾家和我们家一样，是花街上仅有的两家建起两层小楼的。我们家的大一点，因为楼下要做饭店。她们家的小，但小也是两层，在众多灰突突的平房小院里，两层小楼不管建得如何，免不了都要显眼的。比如现在，我就能看到她们家的二楼走廊。一个人影影绰绰在走廊上抖着一大块东西，抖完了挂到绳上。姚阿姨在晾衣服。然后我看到一个小人影也走上了走廊，那一定是青禾。

说实话，青禾家建成的这个两层小楼让花街人非常意外。想一想，一个杀猪的，哪来那么多钱盖这样气派的大房子。但是冯大力和他老婆姚丹盖成了，而且姚丹还没有工作。她平时就是带带孩子做做家务，空闲了再给丈夫搭把手，看一下猪肉摊子。他们刚结婚那会儿，冯大力和姚丹送猪肉到我们家时，都会顺便坐一坐。那会儿我就常听他们说，早晚建一座我们家这样的房子。现在我还能想起冯大力表达这个意思时的表情，有点咬牙切齿，一只手还抓着姚丹的手，那意思就像是两人约定了要勠力同心，天塌下来房子也照建不误。

后来我听母亲说，他们俩只是想赌上一口气。当初他们俩谈恋爱的时候，姚丹的父母死活不答应，因为已经有人给姚丹介绍了一个部队里的小军官，据说前途无量。姚丹父母很乐意，他们家在乡下，能有这么个体面的女婿，老两口做梦都觉得嘴里甜。姚丹不答应，她喜欢一个走街串户卖猪肉的，就是冯大力。他们认识得很偶然，就是姚丹经常去冯大力的三轮车上买猪肉，冯大力喜欢上了她。一来二去她也喜欢上了冯大力。他们俩好上以后，好得快成一个了。姚丹父母不答应，一个满世界跑着卖猪肉的，能有多大出息，顶多就是半个城里人，哪抵得上人家小军官的半个指头。那时候冯大力还很穷，一个屠宰场的临时工，住在花街的一间破房子里。乡下人都看重房子，姚丹父母拗不过女儿，就说，连个像样的窝都没有，拿什么娶我女儿。冯大力和姚丹都说，会有的，都会有的，还会有很好的。

他们俩几乎是一穷二白地结了婚。然后，冯大力辞掉了屠宰场的工作，单独干起了屠宰。日子逐渐好过了，省吃俭用，一点点地敛聚了钱财，等到花街人觉得冯大力两口子日子应该过得不错时，一栋两层小楼起来了。小楼建成那天，我父亲拎了一挂鞭炮去道贺，冯大力高兴得喝多了。有点醉，满嘴里都是大实话。他说老哥，我和姚丹是患难夫妻，她就是我的妈，没有我妈就没有我冯大力，没有姚丹就没有今天的冯大力。你看，我的房子盖起来了，我说过的，一定要把房子盖起来。这时候姚丹给他送来了一杯浓茶，对我父亲说：

"别听他的，他就是太高兴了。这房子把我们折腾空了，除了一个窝，什么都没留下。"

父亲说："已经很不容易了。房子有了，家有了，就什么都有了。"

父亲这话刚说过两个月不到，冯大力出事了。他被抓走后就再没回来过，听父亲说，他被判了十年。

我看到姚丹和青禾在走廊里的影子越来越模糊，直到分辨不清。天黑了。母亲喊我下楼,她让我把一锅鲫鱼汤送给姚阿姨,临走时像过去一样嘱咐我,就说是送给青禾吃的,她亲手做的。我拎着鱼汤走在花街上,石板路响起潮湿的回声。已经有一两家的门楼底下迫不及待地亮起了小灯笼,我还遇到一个陌生的男人,若无其事地迎面走来,那副样子是经常来花街的男人的另一副表情。

姚丹在做饭,被锅里的炒菜呛得正打喷嚏。青禾坐在锅灶边,也被呛得直流眼泪。

我说:"姚阿姨,我妈让我把鱼汤送过来。"

姚丹用套袖擦了一下鼻子,说:"你怎么又送来了?我们什么都不缺,你拎回去吧。"

"我妈说,这是送给青禾吃的。是我妈亲手做的。"

"不行,你拎回去。你看我们有菜,我正在烧。"

我又重复了一遍:"是给青禾吃的,我妈亲手做的。"

姚丹不说话了,漫无目的地翻了两下锅里的菜,又擦了一下鼻子,说:"好吧。以后不能再送了。"然后对青禾说,"青禾,下次再送你还吃不吃?"

青禾看看姚丹又看看我:"不吃了。"

我拎着空锅往回走,走到豆腐店门前,蓝麻子端着一盆脏水要往街上泼。见到我,蓝麻子说:"木鱼,又给青禾送吃的?"

我说:"是鱼汤。"

蓝麻子说:"这个女人,最近连豆腐都很少买了。你说她守着那么好的房子干什么？"

我没说话，为了不给水溅着，我快速地离开了豆腐店门前。

回到家，我跟母亲说，姚阿姨要我以后不要再送了，青禾也说了，送了她也不吃。

母亲把筷子摆到饭桌上，说："这个姚丹。"

四月的一个傍晚，我在青禾家帮她复习功课。已经是做晚饭的时候了，姚丹出门还没回来，说好了她回来我再回家的。青禾伏在小饭桌上写作业，坐一把坏了一条腿的小椅子。我坐的是一个条凳，百无聊赖地等候姚阿姨回来。客厅里空荡荡的，能卖的东西都卖了。花街上的人都知道，她们娘儿俩生活本来已经很不容易了，还要每月定期给冯大力寄钱和其他生活用品，包括吃的东西。青禾说了，她妈常说，她爸在那里日子更不好过。很多人都不理解，为什么姚丹不把房子卖了，这东西才值钱。而且有些人曲里拐弯地来到我家，想让我父母传个话，买青禾家的小楼。父亲说，怕不行。果然，姚丹眼皮都没眨就说，不卖，给一个银行也不卖。房子都没了还叫什么家？大力回来住哪儿？

天都快黑了姚丹才回来，她看了看青禾的作业，对我说："木鱼，你把青禾带你们家吃晚饭吧。跟你妈说，我有点不舒服，趁着把房间收拾一下。"她说着看了看手表，开始往楼上走，"收拾的时间可能要长一些，九点半你再把青禾送回来。"

我答应着，让青禾拿起书包跟我走。我不知道已经成了一个空壳的家还有什么好收拾的。出了青禾家，街上灰蒙蒙的，我看到不远的地方有个烟头在闪动，谁站在那里抽烟，看到我们出来了就背过身去。我向前走了几步又回过头，那个烟头也转过来，走得很快，一个人影进了青禾家的院门。

第二天，要么是第三天，记不清了。我把老师布置的作业做完，时间已经很晚了，大约晚上十点半钟。睡前我照例到阳台上四处看看，此刻的花街沉寂在黑暗里，灯光稀疏，清醒的只有那些即将燃尽的小灯笼，还三三两两在夜风里寂寞地摇摆。然后我就看见了青禾家二楼的走廊里亮起一盏暗红色的灯，那盏灯发出怪异的光，悬在整个花街之上，朦胧飘忽。楼下父母正在收拾饭店，我跑下楼，指着那盏灯让父母看。父亲看了一眼就去关店门了，倒是母亲说了一句话。母亲还是说：

"这个姚丹。"

青禾家二楼走廊的红灯断断续续亮了近两年。这两年里，我很少到她们家去，母亲轻易不让我过去，也不告诉我原因，只是说我家环境更好些，让我把青禾带到我家来写作业，累了就到石码头上玩玩。青禾的成绩越发退步了，她老是走神。我问她题目做出来了没有，她半天才反应过来，噢噢地答应，埋下头去，看她的样子，又发愣了。青禾的话比以前更少了，看得我母亲也跟着着急，背地里总说半截子话："青禾，这孩子。"

　　秋天里父亲去了趟上海,看望一个年迈的老亲戚,归途时经过南京,停留了一天,他去监狱里探望了冯大力。探望的情景我不得而知,就听父亲说,冯大力瘦多了,身体还好,比过去还结实了。父亲还和一个叫老贾的狱警聊了半天,老贾说,冯大力表现一直很好,上面已经决定给他减刑两年。继续这样表现下去,还可能再减。然后老贾就面露忧愁,说冯大力这一年多里心情好像有问题,是不是家里出了什么事?因为冯大力老是在他面前提起姚丹,说姚丹已经一年没给他回信了,他心里总不踏实,常常莫名其妙地觉得有事。冯大力也问过我父亲了,父亲说,能有什么事,这太平日子。冯大力只是说,姚丹他知道。临分别的时候,冯大力突然没头没脑地说了一句:这一年多来她寄给我的钱都比过去多了。

　　父亲委婉地把冯大力的意思转达给了姚丹。当时她在我家,父亲说,大力总担心你和青禾,心里不踏实啊。姚丹听了就哭了。父亲就不好再说什么了。我上楼的时候听到父亲说：

　　"抽空给大力回封信吧,说几句让他宽心的话。他也不容易,没着没落的。"

　　那几个晚上我站在南向的窗户边,眼睛不由自主就瞟向了青禾家二楼的走廊上。一直没亮。我下楼找开水喝,发现父母他们也站在窗户边。他们看着窗外,嘴里却在商量让姚丹来我们家饭店帮忙的事。父亲说,工钱加倍。母亲说,钱不是问题,就怕她还是不愿意。两年前他们就提过几次,姚丹拒绝了。现在他们准备再提。好像也没有结果，因为姚丹一直都没到我家饭店做过事。她要自己去找挣钱的路子。

那盏灯彻底熄灭是在冬天。姚丹找到了一件可以挣钱的事做了，哭丧。这种职业我过去从没听说过，就是靠帮别人在葬礼上哭丧来挣钱。

事情发生得有点偶然。那天是搬到市里住的老赵回到花街来办葬礼的日子。老赵是花街上的老街坊，三年前跟儿子赵星到市里过好日子去了。后来得了病，快死的时候突然想回花街了，他想死在花街。儿子不让，有病就得在医院里治，回去算什么事。老头很难过，只好妥协，跟儿子说，这辈子最后一个心愿了，就是在花街举行葬礼，一辈子生活在花街，那是他的根，得按花街的规矩死。赵星答应了，答应了以后老头就死了。赵星有钱，是个什么公司的头儿。他派车把老爹的骨灰送到了花街，先是在花街上来来回回转了三圈，然后才放进灵堂里。葬礼上的硬件准备难不倒赵星，难倒他的是软件。按照花街和周围地方的风俗，爹娘死了必须要儿子儿媳妇领下地埋葬。老赵有儿子，可是没儿媳妇，赵星和他老婆半年前刚离掉。没儿媳妇葬礼就没法办，老赵也就没法下地。赵星就开始找。真不好找，问题是谁愿意给一个跟自己没关系的人哭哭喊喊。有的人出主意，让赵星到花街上随便找一个外地女人，拿钱消灾就是了。赵星一听脸就拉下了，他老子能受得了，他受不了。起码得找个干净的。赵星觉得在花街上找最合适，一听这么熟悉的声音他爹都会高兴的。

他在石板路上走来走去，把每一家都看了一遍。第一圈就看中了姚丹，人长得好，收拾得也体面，不会丢赵家的脸。但他没敢说，姚丹住的是花街上仅有的两座小楼之一。他又转了一圈，觉得死马当活马医，问问再说，街坊邻居嘛。当时姚丹正一个人坐在走廊底下沉默地伤心。

赵星说："就是哭几声，做做样子。"

姚丹说："人活一辈子，不容易。"

赵星说："你答应了？"

姚丹站起来说："走吧。"

谁都没想到姚丹居然答应了，而且哭得很好，声泪俱下。我跟着人群看了那场葬礼，姚丹一身缟素，显得整个人在送葬的队伍里更加出众。她哭得很投入，真正的悲伤才能哭出那个样子来。没想到她的声音也那么好，嘹亮，高亢，适合在平旷的地方亮起嗓子。在此之前，我见到的姚阿姨都是低声说话，尽管语气坚定，声音还是很低。她像在哭自己的亲人，完全就是一个温婉孝顺的儿媳妇。

回到家我跟母亲说，姚阿姨哭得真伤心，哭得我都难过了。母亲说，其实啊，你姚阿姨她是在哭自己，哭大力，哭他们家青禾。

也许是吧，要么谁会那么无中生有地就大放悲声呢。

葬礼过后，赵星给了姚丹一千块钱作为报酬。姚丹不要，理由是，难过说到底都是自己的，她觉得人这辈子不容易，想哭就哭了。赵星不答应，这也是花街的规矩，若不接受，老头子去了那个世界也是不安心的。没办法，姚丹只好收下了。

老赵的死为姚丹留下了好名声，她竟然哭得那么好，货真价实的儿媳妇怕也赶不上她的悲伤。在我们花街那地方，多少年了，想找这么一个能够尽心尽职地哭丧的合适人选太不容易了，都是事情来了，随便找一个搪塞了事。只有姚丹体现出了相当的敬业精神。有了第一次，就有了第二次。春节前，理发店杜小丁的娘去世，杜小丁的大姐在海南没能及时赶回来，死人又不好留在家里吃饺子，必须赶在除夕之前下地。杜小丁决定请姚丹当一回他大姐。姚丹开始不愿意，但是没办法，别人的儿媳妇都当过了，一条街上的，不能厚此薄彼。又答应了。她又哭得很好。然后不得不接受杜小丁给的八百块钱报酬。

接下来事就多了，挡都挡不住。不仅是一条花街，就是两边的东大街和西大街，遇到了人手不够都过来请姚丹。第一个推不掉，第二个推不掉，第三、第四就更推不掉了。在别人眼里，姚丹似乎顺理成章地成了一个专事哭丧的人，葬礼举行的时候哭上一哭，然后接受可观的报酬。

对此我母亲曾试探性地问过姚丹，母亲说："这么做下去合适吗？"

姚丹说："有什么不合适？找到一个可以大哭一场的地方也不容易。"

春暖花开的季节，我们家来了客人。那个人穿一身警服，戴着我从小就梦想的大盖帽，眉眼粗大，满脸都是胡茬。他从水上来，搭乘一艘过路的小船。我正在石码头上打捞水上漂来的小玩意，木头片什么的。他向我走来，几步外我就闻到一股新鲜的水味。他向我打听父亲的名字，我用树枝指指我们家的饭店，带着他进了饭店。

他们像老朋友那样握手。我听到大盖帽说："可以找个地方谈谈吗？冯大力的事。"

父亲带着他上楼。我跟在他们后面，我喜欢他的大盖帽。

刚坐下，大盖帽就说："冯大力死了。"

父亲手里的茶杯差点掉下来，"你说大力怎么了，老贾？"

"死了。越狱逃跑时被巡警击毙了，他差一点就翻过了墙。"

父亲的那杯茶最终没有倒完，坐到了大盖帽对面的椅子上。"怎么会这样？上次我看他不是还好好的吗？"

"他越狱，"老贾又重复了一遍，"都怪我，我应该考虑到这一点。他早就跟我说过，他想回家看看，他一直觉得家里出了事。"

"没出什么事啊，"父亲说，"她们娘儿俩都好好的。我回来后就让姚丹给他回信，他没收到？"

"没有，差不多两年了没收到一封信。大力都快急疯了，常常半夜里一个人哭起来。"

"大力跟你说过什么没有？"

"好像含含糊糊说过一点，"老贾说，"说花街这地方不干净，很多女人都靠身体吃饭。他是不是——你懂我的意思。"

"这个，"父亲抓了抓头发，对我说，"你到楼下去玩。"

我刚要下楼，老贾说："是不是把姚丹找来？她是当事人，大力的后事还要她来处理。"

父亲想了想，对我说："去把姚阿姨找来，别多嘴，就说我找她有点事。"

我一路小跑到了青禾家，姚丹正在洗脸，过一会儿准备去西大街的一个葬礼上为人家哭丧。她让我先走，她随后就到。

我说："不，我等你。"

姚丹笑了，笑有些干，好像已经不习惯这种表情了。

去我家的路上她问我是什么事，我说没事，又说不知道。可我的两条腿老是出问题，走路突然不利索了，两条腿总打架。我闭紧嘴巴，不让自己再开口说话。

我把她领上楼。姚丹看到老贾坐在那里，整个人剧烈地哆嗦了一下，僵硬地站在门口不进来。屋子里的人都站了起来，老贾，父亲，还有母亲。母亲上前把她搀进了房间。

房间里的沉默让我恐惧，我觉得身上有点冷。我把脸转过去，看到了阳光底下完整的花街，青砖，灰瓦，高瘦的房屋和门楼，方方正正的一个个小院和院子里的老槐树。还有姚阿姨

家的小楼。这是白天的花街,看不见在风里摇动的小灯笼,也看不见那盏诡异的红灯。后来我听到老贾说:

"大力死了,越狱逃跑被击毙了。"

"他,死,了?"姚丹说得很慢,不像阳光底下发出的声音,"他,为,什,么,要,越,狱?"

"他想回家看看,"老贾说,"看看你是不是那个,就是那个了。"

母亲叫起来。我转身看见姚丹像件衣服一样慢慢落到地上,松散地摊成一堆。我觉得她一下子老了,脸上似乎现出了灰扑扑的笑,冰凉的,整个人则和她的目光一样,突然间空空荡荡。

"姚丹,你怎么啦?"母亲摇晃着她,"你说话呀,你说话呀姚丹!"

姚阿姨似笑非笑地斜坐在我家二楼的水泥地板上,两手软软地支撑着自己。母亲急切地摇晃她,像在抖动一件衣服,姚阿姨的脑袋跟着母亲摇晃的节奏轻易地摇荡。

母亲说:"姚丹,姚丹,难过你就哭出来,你哭呀姚丹!你别吓唬我,姚丹。"

姚阿姨还是一声不吭,脸像一张空白的纸,几缕头发垂下来。

"你出点声呀姚丹,"母亲都哭了,"你们看她怎么不出声啊?"

老贾说:"让她静一静,可能是突然失声了。"

后来我才知道"失声"是什么意思,就是一下子发不出声音。我不知道当时姚丹是否真的失声,如果是失声,那她眼泪总该是有的吧,可她当时的眼泪到哪里去了呢。她没有声音也没有眼泪。

我和母亲把她扶到椅子上。母亲看她嘴唇干得起了皮,让我给她倒一杯水。姚丹就这么面无表情地歪在椅子上,什么声音都没有。她喝了两杯水。然后她要走,母亲问她干什么,她指了指西大街的方向,唢呐声从那边传过来。姚丹还是按时去了西大街,我父母和老贾怎么劝都无济于事,她执意要去。父亲不放心,让我和母亲跟着她,有什么意外也好照应一下。我和母亲一直跟着她,直到那天晚上的葬礼结束。

在葬礼上,我看到姚丹跟在送葬的家属队伍里,好长时间都没有一点声音,她失神落魄地跟着队伍走。沉默的姚丹让大家吃惊,哭丧的人怎么可以一声不吭呢?再说,她是一个优秀的哭丧手啊。旁边的观众骚动起来,开始抱怨,拿别人的钱怎么能不做事呢。

母亲说:"她心里难过。"

旁边的人说:"当然要难过,不难过怎么哭?"

他们不明白母亲的意思。母亲想和他们争辩,又觉得没什么好说的。说什么好呢?这时候,围观的人群又骚动起来,姚丹开始哭了。开始声音很小,像抽泣,突然之间,猝不及防地大起来,像一个瓶子被猛地摔碎了。在接下来的葬礼上,姚丹哭得比以往的任何一次都卖力,都悲痛欲绝,她嘹亮的哭声和滂沱的泪水,赢得了死者家属和旁观者的更高的赞叹。

大水

水说大就大了。运河涨起来，波浪浑浊灰黄，翻滚着漫上石码头的倒数第三个台阶。泱泱的大水塞满了河道，那感觉就像吃得太多，已经填到了嗓子眼，饱饱的想吐。我趴在窗户上，摸着可疑的脖子，只好转过身来离开窗口，换一个地方张望。本来我想看花街上的人是怎样打捞大水里的东西的，那些从上游很远的地方漂流下来的树木、家具、衣服和鞋子，还有猪、狗、猫等小动物的尸体。听母亲说，上游的很多地方遭了洪水，淹了大片田地，家都冲没了。现在那些身强力壮的花街人正分散在运河两岸，随时准备用绑上了铁钩子的长竹竿去打捞过路的物品。石码头上热闹非常，为打捞叫喊，或者招呼着从上游而来的装载灾民的船只。我一直想下楼去看看，我都很多天没出过这个屋子了。可母亲就是不答应。

"不行，"母亲说，"医生说了，满了一个月你才能见太阳。"

"可是我已经好了，什么事都没有了，不信你看。"我把胳膊伸过去，母亲看了一眼，还是摇头。

"这是医生说的，"母亲开始关门，咔嗒锁上了防盗的铁门，"好好待着，没事干就睡觉。"然后母亲就下了楼。一会儿楼下的厨房里就传来刀落在砧板上的声音，是我们家雇来的厨师在剁肉。

我哪里睡得着，每天我都有一大半的时间用来睡觉，睡得我烦死了。都是这个该死的毛病，医生说我正在出疹子，要一个月不见太阳才能什么问题都不会留下。可是我想到太阳底下去玩,到石码头边上去玩。母亲怕管不住我,和父亲商量一下,决定把我锁在屋里,这样我就哪里都去不了了。快半个月了,我整天待在楼上,听楼下的饭店里吵吵嚷嚷。睡烦了,我就趴在窗户上或防盗门前向外边看。

现在我从北向的窗户转到了南向的窗户,这样我就看到了临街而建的花街。一条狭窄的青石板路幽深地走进街道深处,街两边是人家,门楼、小院、老槐树、青灰砖头和小巧的鳞片瓦。然后我看到屠户年七从自家的院子里出来,肩上扛着半片猪肉,一路滴着血水。他是给我家的饭店送猪肉的。都几年了,年七一直给我们家供应猪肉,有时候也可能是牛肉或者狗肉,那要看他宰掉的是什么。年七大声地哼着小曲向石码头走来,右手里的剔骨刀挥舞着为自己打节拍。他送肉会送上一个上午,这是他的习惯。每次送肉到我们家饭店,他都要点上几个菜,自己跟自己喝上几瓶啤酒。用他自己的话说,人跟那些畜生一样,活着就是为了死,趁着胃口好,多吃一点是一点。

母亲对年七的话不以为然,有一次在饭桌上说:"别听他的,不过是嘴馋,又没老婆给他做,只好到饭店里吃现成的。"

"他不是还有相好的么?"父亲说,"让她做就是了。"

母亲看看我,白了父亲一眼:"别瞎说,当着孩子的面瞎说什么。"

说这话是半年前的事了。母亲以为这些事我不懂,其实我早就知道,相好的不就是花街上的那些妓女么。我整天在石码头上玩，常听人说到哪个过路的船老大在石码头停下了，就是为了去见他的老相好的。花街上有很多人的相好的。

在白天，你没法知道花街上哪个地方有相好的，只有到了晚上才能发现。幽亮的青石板路升腾起清凉的水汽，那些船老大醉醺醺地从我家的饭店里出来，一路摇摇晃晃地走进花街。他们数着隔三岔五地挂在门楼底下的小灯笼向前走，找到属于自己的小灯笼时，就上前拍打院门，很快就有人开门把他们领进院子。在院门关上之前，那些小灯笼也要被取下来。灯笼白天是看不见的，都是晚上八九点钟才挂上去的，那时候的花街早就安静下来，连狗都很少叫唤，我躺在床上只能听到浩大的水声和夜航船嘟嘟的马达声，如果机动船远去了，那些小船的橹声才会显出来。母亲很早就告诫我，晚上不许到花街上去玩，她说，你看到了那些灯笼了吗？

"看到了，"我和母亲站在我家二楼的阳台上，"灯笼怎么了？挺好看的。"

"妓女，"母亲说，"挂灯笼的院子里都住着妓女。"

"妓女是什么？"

"别问那么多，你不要去就是了。"

后来我逐渐知道，那些小灯笼的确是妓女挂上的。这些挂灯笼的女人多半是从运河上游顺水漂流下来的，在石码头下了船，就不打算走了。她们在花街上租了谁家的一间小房子，白天关在屋子里蒙头大睡，到了晚上就精神抖擞地起来，悄无声息地把自己的小灯笼挂在门楼底下，等着有钱的男人把它摘下来。我猜年七的相好的一定是其中的某个小灯笼的主人，但到底是谁我还没弄明白。我只是看到他常常会从挂灯笼的院门进去，不是同一个院门，而是今天进这个门，过了几天又进那个门。那些灯笼离我的阳台远近不一，让我无从判断。反正他是个光棍，没人管，想去谁家去谁家。

我掰着指头沿花街向南数，一个院子一个院子地数，觉得位置差不多时，看看那家的门楼又不像。所有的院子都很像，在白天，门楼底下都是光秃秃的，丝毫看不出挂过灯笼的痕迹。我想出了一个好办法，决定把沿街的小院一个个都画在纸上，晚上我再按照花街的样子给它们添上必要的小灯笼。这个方法不错，我兴冲冲地从抽屉里拿出铅笔和白纸，在窗台上铺好，刚画了沉禾家的半个门楼，沉禾的老婆带着女儿顺子从院子里出来。她的红衣服在青灰色的花街十分显眼，因此我不失时机地把她画了下来。我的画画得不好，但还是能辨认出来的，一个穿红衣服的女人，我用红蜡笔把她全身都涂得红艳艳的。旁边是四岁的顺子，头顶扎了一个冲天的小辫。

那时候快中午时分了，花街上开始有人走动。沉禾的老婆出了院子没有走远，而是坐在门前的石墩子上，那里有一摊阴凉儿，顺子坐在她的腿上。我觉得这个场面也不错，准备把它画下来。这时候我听到饭店门前嘈杂的声音突然高起来。有人在大叫，也有人在大笑。好像是年七的笑声。他的笑声像他油亮亮的肥脸和大肚子。接着我听到年七说：

"你信不信,我敢杀了你。"

我赶快跑到北向的窗户前向下看,一堆人在我家的饭店门前围成了大半个圈。果然是年七,挺着长满黑毛的大肚子站在门前,左手拎着啤酒瓶子,右手里攥着那把剔骨刀,刀尖对着浑身上下湿漉漉的沉禾。沉禾一手拿着绑了铁钩子的竹竿,另一只手里是一根湿漉漉的尼龙绳。一看就知道是从水里刚出来不久,身上流下的水聚在脚底下,洇湿了一大块青石板。

自从大水到来,沉禾一直在河里打捞上游漂过来的树木,捞上来以后卖给我们家饭店。父亲说,现在收购来虽然不能直接当柴烧,但是很划算,晒上一段时间,劈开了就是上好的柴火。沉禾就是干这个的。他的水性很好,据说从小就跟他爸在运河里捕鱼,后来不知怎么不干了。现在沉禾站在中午的阳光底下,用手背抹掉脸上的汗。

"打。打。"围观的人越聚越多,码头上的,水边的,都跑过来看热闹。

"打就打,我还怕他不成?"年七灌了一口啤酒,打着饱嗝,剔骨刀摇来摇去,"我年七杀掉的畜生夜里不睡觉都数不过来,我怕他沉禾?"

沉禾一声不吭,手里的竹竿和绳子一直在抖。他不看别人,也不看年七,眼睛漫无目的地看着斜上方的某一处。很多人开始笑起来,相互咬着耳朵嘀咕个不停。我离开北窗跑到南向的窗户边,沉禾的老婆和顺子还坐在石墩子上。

"喂,"我对着她们大声喊,"你们家沉禾和别人打架啦。"

沉禾的老婆好像没听见，顺子听见了，向她妈指着我的窗户。我又喊了一遍。沉禾的老婆站起来，拢着嘴问我："你说什么？"

"我说你们家沉禾跟别人打架了，是杀猪的年七。"

这次她一定听见了，我看到她愣愣地看着我，顺子哭起来她才回过神来。她把顺子抱起来，我以为是为了快一点跑到石码头来，没想到她竟然把顺子抱回了家，把院门也关上了。真是莫名其妙。我盯着她家的院子，希望她能够拿着一把菜刀或者拎着一根扁担冲出来。但是过了好一会儿也不见动静。没办法，我不得不再次跑到北窗前。

饭店前的人已经开始散了，父亲正把年七往饭店里拉，让他进去继续吃饭。母亲则把沉禾往花街的青石板路上推，让他回家，还一边对着正在散开的人说，都走吧，都走吧，该干什么干什么，有什么好看的？都回去了，回去了。沉禾佝偻着腰，在母亲的推动下向前走，他的影子十分短小。真是的，我还没明白怎么回事，这场架就完了。

中午母亲给我送午饭，我问她年七和沉禾为什么要打架。

母亲说："问那么多干什么？作业都做好了？"

我不吭声了，生病前老师布置的作业我还没做好。母亲看着我吃完午饭，然后收拾碗筷准备下楼。锁门时我又忍不住问她："年七和沉禾到底为什么打架？他们是邻居。"

母亲说："邻居也会有个磕磕碰碰的，亲兄弟还会拼个你

159

死我活呢。"

他们怎么磕磕碰碰的，我就不知道了，母亲没说。在花街上，邻居之间磕碰的太多了，闲得无聊了就相互磨嘴皮子打发时间，但大打出手要动刀子的却很少见。那天中午沉禾被母亲推走以后，我立刻转移到南向的窗户前。我看到沉禾垂头丧气地贴着墙根走，竹竿和绳头拖在地上。走到年七家门口时，沉禾回头看了看后面，一个人都没有。他脱了鞋子，光着脚对着年七家的黑油漆板门踹了几下。踹完了又回头看看，还是没人。他用竹竿上的铁钩子钩住门楼上的一片脊瓦，把它拉了下来，跌碎在石板路上。他又回头，一边用脚把脊瓦的碎片踢到远处去。收拾好了才推门回到自己的家里。他家和年七家是临街的对门。

第二天上午，我吃过药，趴在南向的窗户上发呆。早饭后，有那么一阵子我还想把花街的地图接着画完，拿起铅笔又没兴致了，我突然觉得没意思，画出来又有什么用。我现在想做的是，哪个晚上把那些小灯笼给摘下来，挂到别人家的门楼下，那也许还有点意思。我看到沉禾从堂屋出来，后面跟着他老婆和顺子。他老婆为他开了院门，沉禾走到青石板路上时，沉禾的老婆就把门关上了，领着顺子回了堂屋。我的眼睛跟着沉禾，看他晃晃悠悠地向石码头走去。竹竿和绳子依旧拖在身后。他走得很慢，走几步突然就转过身，好像后面有人跟着他似的。他来到石码头上，我也移到了北向的窗户下。码头上人还是很多，他没有立刻下水，而是在石阶上找了块空地坐下，闷着脑袋抽了一根烟。烟抽完了，他把竹竿和绳子放在旁边的槐树底下，开始往花街跑。我又跟着转到南窗下。

他家的院门此刻应该是锁上了，我看到沉禾在门前折腾了两下才打开门。沉禾进了院子，踩着墙头爬上了屋顶。这是我第三次看他爬到屋顶上了，几天前见过一次，再前几天也看过一次。那两次他小心翼翼地贴着屋脊爬，像是在检查房屋是否漏雨。这次有点不一样，他先是蹲在屋脊上，然后谨慎地站起来，细瘦的脖子像鸭子一样伸长了，他在向年七的院子里张望。年七的院子里只有一口水井，一个杀猪的石台子和一口支在井边的大锅。堂屋门关着。沉禾看了一会儿，慢慢蹲了下来，骑在屋脊上点上了一根烟抽起来。那根烟抽完了，沉禾看了看年七沉寂的院子，从原路爬下了屋顶，锁上门跑回了石码头。他开始下到河里打捞木柴。

我不明白沉禾想在年七家看到什么。能看到什么呢，最好玩的不过是年七杀猪。杀猪的时候年七的院子里聚了很多人，几个力气大的帮忙把捆好的猪抬到石台上，年七对着猪脖子一刀下去，鲜血喷涌，然后浇上热水去毛。被母亲锁在楼上，无聊的时候我能趴在窗前看一个上午。有一回我看到猪血喷了他一脸，他却张嘴大笑，紫红的猪血把他的白牙都淹没了。

接下来的几天里，我断断续续地画好了花街的地图，就差给住着妓女的人家门楼底下标上灯笼了。我总是等不到她们把灯笼挂起来就想睡觉，我也不知道自己为什么一到晚上就那么困。我曾决心守在窗户下看她们把灯笼挂起来，后来还是趴在窗台上睡着了。一觉醒来，所有的灯笼都撤了。为此我很后悔，因为有一天下午我在年七家的院子里看到了年七的相好的，可是我不知道她是谁。

我看到的只是她的背影，而且是个光屁股的背影。午觉醒来，我迷迷糊糊地走到南窗下，一眼就瞟见了年七的堂屋门前蹲着个白花花的东西。仔细一看，竟然是一个蹲在门前撒尿的女人，背对着我的方向，身上一点衣服都没穿。她真是白得耀眼，撒完尿就弓着腰跑进了房间，两个屁股又大又圆。我整个人彻底清醒了，脸上开始莫名其妙地发热。我想等她再次出来，等了半天也不见动静。于是我把地图拿来，猜想年七的相好应该住在哪个小院里，猜来猜去也没找出个头绪来。脱了衣服就没法认了，何况还是个背影。后来年七打着哈欠从堂屋里出来，出了院子把院门锁上了。我在窗前守了一个下午，再也没见过那个女人，我想她大概在我看地图的时候就走了。

大水仍旧没有退去，上游漂下来的东西越来越多。沉禾几乎每天都到运河里打捞树木，我总能在中午时分看到他拖着一捆又一捆的湿柴卖给我家的饭店。父亲在饭店门前设了一个磅秤，称完了就把木柴扔到旁边宽阔的地方晾晒。和有规律地打捞木柴不同，沉禾总是隔三岔五地爬上屋顶。我常常趴在窗户边上盯着他，还是没弄清楚他什么时候会突然爬上屋顶。这种事我想他自己也说不明白，因为有几次他是在正走着时突然转身跑回家，开了门就开始爬墙，很快就骑在了屋脊上。不知道他究竟在年七家的院子里看到了什么，反正我是什么都没看到。连年七的那个相好的也没看到。事实上，除了杀猪的日子，在年七的院子里根本看不到女人的影子。

当然，也不是一个没有。除了那个光屁股的相好的，我偶尔一次在年七家的院子里看到了沉禾的老婆。她正拎着一块猪肉从堂屋里出来，左手撩起一缕垂到脸上的头发。年七站在堂屋门前，一手叉腰，好像在剔牙。这时候，我看到骑在屋脊上的沉禾迅速从屋顶上下来，当他老婆从年七家出来，推开自家的院门时，沉禾已经站在了院子里。沉禾的老婆还在撩她的那缕头发。她把肉递给沉禾，沉禾接过了，一把扔到了墙根底下，转身进了堂屋。他老婆捂着脸在院子里站了一会儿，到墙根捡起了那块肉，也揉着眼进了房间。

花街上的日子过得和过去一样平常，石码头上也一样，船只和客人往来不绝。中午母亲送饭上楼，我吃饭，母亲检查我作业。母亲一边翻着我的作业本一边教训我，说我做得太马虎，做对的就没有几道题。这时候父亲进来了，他说沉禾的劲头可真不小，一个上午卖了两次湿木柴，刚刚又卖了一大捆。

"我们的木柴收得够多了，是不是就不要了？"

"为什么不要？"母亲说，"要是有足够多的木柴，我们连煤炭都省下了。现在木柴这么便宜，比烧煤炭划算多了。收，你跟沉禾说，有多少要多少。"

"他就赚我们家的钱了。这个沉禾,犯得着这么拼命吗?"

"谁知道。哪个不想多挣点钱过几天好日子。"

正如父亲说的,沉禾的打捞的确很卖力。现在他大部分时间都在河边转来转去,一手竹竿,一手尼龙绳。上午打捞,下午也打捞。偶尔也会像睡醒了似的突然跑回家,爬到屋顶上,在半空里向对面张望。通常他在屋顶上要待一根烟的时间,坐稳了时开始抽,一根烟抽完了就下来,不管年七家有没有动静、有什么动静,就一根烟。卖掉了打捞的湿木柴,沉禾也会坐在石码头的石阶上抽一根烟,有时候是独自一人,有时候是和过路的船老大们聊天,他不断地向他们手里递烟。

我最后一次见到顺子是在一个傍晚,我还和顺子说过几句话。那时候整个花街都弥漫着炊烟的香味,街上几乎没有人,家家户户都守在饭桌前。我趴在南窗上,看到顺子的手被沉禾牵着。小丫头一边走一边东张西望,抬头的时候看到了我。

"哥哥。"顺子仰着小脸喊我,光线暗淡,我都快看不清顺子的五官了。

我对她拍拍手:"顺子,你要到哪里去玩?"

"石码头。爸爸带我去坐船玩。"

"顺子,你妈妈呢?怎么不和你一块儿去?"我随口问了一句。

"妈妈去——"

顺子只说了半截话,沉禾一巴掌扇到顺子的嘴上,顺子哇地大哭起来,嘴里说着:"爸爸打我。哥哥,爸爸打我。"然后就被沉禾拎着拖走了。

我跟着转到北窗,果然看见顺子被沉禾抱到了一只小船上,是那种频繁经过石码头的小货船。顺子和沉禾一起钻进了狭小的船舱里。橹摇起来,小船离开了石码头。

饭店里的猪肉用光了时,父亲才发现已经好几天没看到年七了。在往常,年七送肉从来不用催,总是在肉用光之前一两天就把新鲜的肉送到。父亲这一次显然对年七很不满,正打算差人去找他,突然听说捞木柴的沉禾疯了。父亲跟着想起来,沉禾也有两天没到饭店来卖湿木柴了。

消息很快就被沉禾本人证实了。他只穿着一条短裤从花街深处跑向石码头,一路叫骂不止。我听到喊叫声从窗口伸出头去,那时候是黄昏,西天堆积了不少散乱的云霭,风有点大,奔跑的沉禾头发被吹乱了,他跑得张牙舞爪,两只手像水淹似的到处乱抓,整个人在黄昏里显得格外干瘦。

他嘴里语无伦次地喊着:"我老婆被人拐跑啦。顺子被我老婆带跑啦。把我老婆拐跑了,年七,狗日的,我操你十八万辈祖宗。年七,狗日的你回来。"

他的喊声把花街上的人都叫了出来,跟在他后面涌向石码头。我转到北向的窗下,沉禾已经坐在了石码头的石阶上,屁股底下有一摊水。他像花街的泼妇一样拍起了大腿,重复刚才的那一套说辞。他咬牙切齿地痛骂拐跑了他老婆和女儿顺子的年七。

石码头上聚集的人越来越多,所有花街人都看到了伤心欲绝的沉禾,很显然,他已经疯了。他开始冲围观的每一个女人叫老婆,把所有的男人都叫年七。他开始傻笑,口水滴滴啦啦地垂挂下来。我一直趴在窗上看着他,所有人都散尽了,他还坐在那里,沙哑地咒骂年七。沉禾是什么时候离开石码头的,我不知道,熬不住瞌睡我早早就睡了。因为这个早早就瞌睡的毛病,花街地图上的那些小灯笼我一直没能标出来。睡前我还在想,如果年七真的把沉禾的老婆拐跑了,那我标出小灯笼又有什么意义呢。

叫骂了两天之后沉禾就不见了,我最后见到他是在他消失的那天的中午。大中午的阳光很好,花街人都在睡午觉。我吃过午饭在窗前发了一阵呆,困意袭来,我打了个哈欠准备爬到床上,不经意看到沉禾点着头沿花街向石码头走去,一路指手画脚,还穿着那条短裤衩。然后我就再也没见到他。

一个月终于期满,我被母亲放了出来,可以和正常的小孩一样在阳光底下跑了。我正和杂货店老歪的孙子一起在运河边打捞小玩意,听前面的人叫起来,说他们捞上来一条人腿。那时候大水平缓多了,上游漂下来的只有一些小东西。我和小歪跑过去,在离石码头不远的地方,已经围了一堆人。我从大人的腿间挤进去,看到了一条泡得鼓鼓囊囊的发白的腿,已经开始腐烂了,发出一股臭味,熏得我想吐。

"是被人用刀砍下来的。"一个花街人指着那条腿的根部。

"这还用你说？不是砍下来还能是自己掉下来的？"

大家议论纷纷，猜测这条腿会是从上游的哪个地方漂来的。

突然一个人说："沉禾这几天不见了。"

"你说是他？他怎么会？"

"年七不是早就说要杀了他么？他把沉禾老婆拐跑了，怕沉禾闹事，所以干脆杀了他。"

大家不说话了，仿佛眼前的这条腿就是沉禾的。

我捂着鼻子和嘴说："不是沉禾，沉禾的腿没这么粗。"

"小孩懂个啥，再细的腿经水一泡也粗了。"一个人抓住我往人堆外顺手一推，"玩去，别跟着瞎掺和。"

我被他推到了人堆外，一脚没站稳摔倒在地上，哇地吐了出来，那种味我终于受不了了。

苍声

1

何老头正训我，外面进来两个人把他抓走了。当时何老头很气愤，指着我鼻尖的手抖一下，又抖一下。"这么简单的问题都不会，"他说，"午饭都吃到狗肚子里了？"

我说是，都给绣球吃了。全班大笑起来，都知道我们家养了一条黄狗，叫绣球，前些天刚下了一窝小狗，还没满月。刚产崽的绣球得吃好的，我就背着父母把午饭省下了给它。笑声里大米的声音最大，像闷雷滚过课桌。我喜欢听大米的声音，像大人一样浑厚，中间是实心的，外面闪亮，发出生铁一样的光。大米一笑，大家就跟着继续笑。何老头更气了，哆嗦着手抓下黑礼帽，一把拍在讲台上，露出了我们难得一见的光头。

"不许笑！"何老头说。

门外突然就挤进来两个人，刘半夜的两个儿子，都是大块头。他们一声不吭，上来就扭何老头的胳膊，一人扭一只，这边推一下，那边搡一下，把何老头像独轮车一样推走了。

何老头说："你们干什么？你们为什么抓我？"刘半夜的两个儿子还是不吭声。何老头又喊，"等一下，我的礼帽！"他们还是像哑巴一样不说话，挺直腰杆硬邦邦地往前走。这时候他们已经走到校门口的两棵梧桐树底下了。

他们都围到窗户边去看。刚糊上的报纸被大米三两下撕开来，他们的脑袋就从窗户里钻了出去。我站在位子上，伸长脖子从教室门往外看。何老头和刘半夜的两个儿子组成的形状像一架飞机，何老头是飞机头，他的脑袋被下午的阳光照耀着，发了一下光，就从校门口消失了。何老头其实不是光头，只不过头发有点少，不仔细找很难发现。我猜就因为这个他才戴礼帽的，一年四季都不摘下来。睡觉时摘不摘我不知道，反正平时很少见他摘。今天他一定是被我气昏了头才拿掉帽子。我对自己也相当生气，那么简单的问题也答不出。

但是，我不喜欢何老头当着大米他们指鼻子骂我。我把黑礼帽从讲台上拿过来，对里面吐了一口唾沫，又吐了一口，吐第三口的时候，谁说了一句："何老头的礼帽呢？"我赶紧把帽子塞到桌底下，抻长袖子把唾沫擦干了。

又有谁问了一句帽子，随后就没动静了。大家重新趴到窗户边，校门口有一群人在跑，不知道那些人要干什么。我趁机把礼帽压扁，塞到书包里，然后像没事人一样走到窗户边和他们一起看。零零散散的几个人还在跑。

"这算不算放学了？"三万问大米。

"当然。"大米说，"何老头都被抓走了，放学！"

三万帮大米背了书包,一伙人就跟着大米跑出教室。都想去看看外面到底出了什么事。我怀疑跟何老头被抓有关。为什么抓,我也不懂。我背着书包跟他们跑出校门,他们往西,我往东。得先把礼帽藏起来。

"木鱼,"大米喊我,"你不去看?"

"我要回家看绣球。"

"嘿嘿,好,"大米笑起来,说,"好好把绣球养肥点,过两天我去看看它。"

大米"嘿嘿"的时候不像个好人,可他的声音好听。只有大人才能有那样浊重、结实又稍有点沙哑的声音。我问过我妈,为什么我的声音尖尖细细像个小孩。我妈说,你不是小孩还能是什么?可大米怎么就有大人那样的声音。大米比你大,我妈说,人大了声音自然就苍声了,粗通通跟个烟囱似的有什么好听。

我觉得好听。大米能让所有人都听他的,就因为他声音跟我们不一样。他说了:

"你们一帮屁孩,奶声奶气的!"

也不是所有人都比大米小,三万、满桌和歪头大年就跟他一样大,声音还是不好听。我经过几棵梧桐书和槐树,掯着书包往家跑,心里充满了恐惧,我竟然把老师的礼帽偷偷拿回来了。迎面碰上向西跑的几个人,我低着脑袋不敢和他们打招呼,但我对他们要去的地方又满怀好奇,他们到底要去看什么。

这一年我十三岁,怀揣两只不同的小狗,一只恐惧,一只好奇。像绣球产的四只小狗中的两只,毛色光滑,一醒来就不安生。

2

　　想不出藏哪里更保险。我把自己关在屋里四处找地方，放哪儿都不放心。姐姐又在院子里催，让我快点，一起去西大街看看。她也急着想知道西大街到底出了什么事。我只好咬咬牙决定塞到床底下，为了防止谁钻床底往里看，我把一双没洗的臭袜子放在床边，那个臭，瞎子也能熏出眼泪来。出门前我还想看看绣球和四只小狗，姐姐等不及了，拉着我就跑。我就对着墙角的草窝吹了一声口哨，绣球听见了，对我说："汪。"四只小狗也跟着哼了四声。

　　路上有人和我们一起跑。快到西大街，碰见我妈在街口跟韭菜说话，她拉着韭菜，让她晚上到我们家吃饭，韭菜甩着胳膊不愿意。姐姐说："妈，西大街有景呢，你不去看？"

　　"回家，"我妈说，"有什么好看的！"

　　"那边到底啥事呀？急死我了。"

　　"太上老君下凡，"我妈有点不耐烦，"跟我回去！韭菜，听姨的话，姨拿好吃的给你。"

韭菜还是不愿意，嘟着嘴说："看。看。我要看。"

我谨慎地说："是不是何老头？"

我妈瞪了我一眼，"回家做饭去！"

姐姐已经拽着我跑过去了，我妈在背后喊也不停下。

猜得没错。人群围在大队部门外，踮着脚往紧闭的门里看，什么都看不到，脖子还在顽强地伸长。然后三两个人咬耳朵，表情含混，我凑上去听，只大概弄清楚，何校长被关在里面。姐姐问旁边东方他妈，东方他妈说，谁知道，听说跟丫丫有关，谁知道。姐姐还想问，周围静下来，支书吴天野走出大队部的门，挥挥手说：

"回去，都回去！有事明天说。"

人群就散了。姐姐歪着头问我："跟丫丫有关？"

我哪知道。

丫丫就是韭菜。差不多有二十岁了。是个傻大姐，头脑不好使，见人就笑，然后问你吃过了没有。七年前她还叫丫丫，被何老头收留了才改名韭菜。叫丫丫的时候，韭菜是个孤儿，她九岁时她爸死了，接着她妈在某一天突然不见了，听说跟人跑了，再也没回来。丫丫整天在村子里晃荡，追着谁家的猫或者鹅玩，到了吃饭时间就有人叫她。那时候吴天野就是支书，他让各家轮流管丫丫的饭，只要她还活着，养到哪天算哪天。除了三顿饭，丫丫的其他事就没人管了，她整天蓬头垢面，脸脏得像个面具，下雨天也会在外面跑。后来何老头来我们这里当校长，他觉得丫丫可怜，吃百家饭却没人管，就跟吴天野说，干脆他收留丫丫吧。何老头是外乡人，听说是从北边的哪个大地方来的，一个人，一来就当校长。我爸曾说过，看人家里里外外都戴着礼帽，就是当校长的料。

丫丫被人领到何老头门前那天，何老头正坐在门口择别人送的韭菜。何老头握着一把韭菜站起来，说："还是改个名吧，就叫韭菜。"

就叫韭菜了。叫丫丫顺嘴了的还叫丫丫，其他人叫韭菜。两天以后，丫丫就变成一个干净清丽的韭菜了，何老头帮她梳洗了一番，还给她做了两身新衣服。见过大世面的人说，丫丫蛮好看的嘛，跟城里来的一样。城里人长啥样我没看过，如果韭菜像城里人，我猜城里人起码得有四样东西：干净，白，好看，有新衣服穿。韭菜洗过脸竟然比我姐还白，真是。

再后来，韭菜干脆就把何老头当爸了，平常也这么叫。何老头很高兴，好像有个傻女儿挺满意的。他还教她认字，做算术题。我怀疑花一辈子也教不好，像我这样头脑一点毛病没有的，复杂一点的算术题都弄不懂，我不相信她一个傻子能明白。想也不要想。不过其他方面还是有点成效的，比如说话和看人。过去韭菜一说话就兜不住嘴，口水一个劲儿地往下挂，现在不了，总能在口水挂下来之前及时地捞回去；看人的眼神也集中了，过去你站她对面，就觉得她是在看另外两个人，而且在不同方向上，她涣散的眼神像鸡鸭鹅一样，两只眼能各管各的一边事。也就是说，现在只要韭菜老老实实不说话，就比好人还好。当然，你不能给她好吃的，一见到好吃的，她的嘴和眼立马就散了。

我们都知道何老头对韭菜好，可是东方他妈的意思是，何老头被抓跟韭菜有关。

有人喊我，一听就是大米。身后跟着三万、满桌和另外两个跟班的。"小狗长多大了？"大米问，"送我一只怎么样？"

"还小呢。"我说。其实我做不了主，小狗满月后送给谁，由我爸妈决定，绣球还没产崽就有一大堆人排着队要。我不想让大米知道我做不了主，他们会瞧不上我。

我姐说："大米，你爸为什么把何校长抓起来？"

"问我爸去，"大米说，"关我啥事，又不是我关的。"他对屁股后头的几个挥一下手，他们就跟着他走了。他的一挥手让我羡慕不已，还有他的一声浑厚的"走"，多威风，就是跟我们小细胳膊小细腿和尖嗓子不一样。大米临走的时候又嘱咐，"记着给我留一只啊，越多越好。"

"没有了。"我只好说。

"你说什么？"

"爸妈都把它们送人了。"

"操！"大米说，"还没生下来我就要。就没了！"他扔出一颗石子，打中十米外的一棵槐树，"就一只破狗，操，不给拉倒！"

回到家，韭菜坐在厨房帮我妈烧火。烧火的时候她比正常的女孩都端庄。姐姐又问我妈,为什么把何老头抓起来?我妈白她一眼,示意韭菜在,姐姐就不敢乱问了。韭菜在我家吃的晚饭,吃了一半停下来,说:

"韭菜不吃了,爸还没吃。"

"留着呢,"我妈说,"你吃你的。"

3

　　因为那顶礼帽,半夜里噩梦把我吓醒了。我梦见礼帽长了三十二条蜘蛛那样的细腿,密密麻麻地从我后背爬上来,突然抱住了我脖子。我惨叫一声醒了,摸摸脑门上的汗,庆幸只是个梦。我爬起来,借着月光从床底下把礼帽够出来,已经恢复了原来的形状。我小心翼翼地看它的四周,没有脚,又扔到床底下。得想个办法把它送出去。

　　第二天早上,我被姐姐叫醒,姐姐说:"快,要斗何校长了!"我半天才回过神,噌地从床上跳起来。"怎么斗?"我问。

　　"游街。"

　　锣鼓声从西大街响起来,锣是大铜锣,鼓是牛皮鼓,猛一听以为马戏班子来了。我去井台前洗脸时,看见韭菜蹲在墙角逗绣球和四只小狗玩。她把其中两只抱在怀里,左臂弯一只,右臂弯一只,还用嘴去亲小狗的嘴,嗓子眼里发出呜呜呜的催眠声。丑死人了。

"别动我的小狗!"我喊了一声。

韭菜吓得胳膊一松,一只小狗掉到地上,跟着另一只胳膊失去平衡,第二只也掉下来。小狗摔得直哼哼。我满手满脸是水地跑过去,抱起小狗一个劲儿地哄,哎呀,摔坏了摔坏了。韭菜低头拿眼向上瞟我,知道自己犯错误了,鼓着嘴站在一旁搓衣角。

"还看!都快给你摔死了!"我说。

韭菜哇地哭起来,甩着手说:"我找爸。我去找爸。"

我妈从厨房跑出来,一边在围裙上擦手。"丫丫别哭,丫丫别哭,"我妈说,"谁欺负你了?"

韭菜指着我,"他!他骂我!"

"丫丫不哭,我打他,"我妈做着样子打我,"你看我打他。我把他剁了给狗吃!"

韭菜笑了,跺着脚说:"剁他!剁他!剁给小狗吃!嘿嘿。"说完了突然安静下来,又要哭的样子,"我找爸。我去找爸。"

我妈说:"吃完饭再找。丫丫听话。"然后对我和姐姐说,"还愣着,等着饭端到你们手里啊?"

那顿饭吃得潦草,我和姐姐都急。西大街锣鼓喧天,震得饭桌都嗡嗡地跳。我们没敢多嘴,爸妈都护着韭菜,怕她知道何老头被抓被斗的事。有什么好怕的,大不了被打一顿,游几天街。就是不知道这老头犯了什么事。

路上遇到几个同学，他们都往西大街跑。何老头被抓了，课当然就不上了。我怀疑整个花街的闲人都来了，里三层外三层堵在大队部门前。门前两个敲鼓的，一个打锣的，咚咚咚，咣。咚咚咚，咣。我刚挤进去，门开了一扇，刘半夜的二儿子走出来，对人群挥手，去去去，往后站，往后站，别碍事！大家撅着屁股往后退了退，另一扇门也开了，何老头被刘半夜的大儿子怪异地推出来。

像小画书里的白无常。戴一顶又高又尖的白帽子，脖子上挂着一块巨大的白纸板，上面写着八个字：

衣冠禽兽
为老不尊

何老头低着脑袋一出门，刚停下的锣鼓又响起来。接着又停下了，吴天野从大队部里走出来，因为突然安静下来，他的声音就显得格外的大。吴天野说：

"乡亲们，这两天我痛心疾首，痛心疾首啊！看到那几封举报信，我眼都大了，嘴都合不上了！我做梦都没想到，我寻思所有花街人做梦也不会想到，咱们的何校长，就是教咱们花街上的孩子读书解字的先生，竟然是这样一个衣冠禽兽！他收养了我们花街的孤儿丫丫，竟然为了这个肮脏的企图！乡亲们想想哪，丫丫，就是韭菜，才多大啊，刚刚二十岁！多好的年龄啊，就这样被他，这畜牲一样的人，给糟蹋了！这是咱们花街的耻辱！你们说，怎么办？怎么办？"

刘半夜的两个儿子一起喊："打死他！打死他！"跟着一阵锣鼓声。

吴天野挥挥手，锣鼓又停了。他说："打死人不行。但咱们花街的这口正气要出，要给丫丫和全体花街人一个交代。大队里商量了一下，游街示众。好人咱不能冤枉，坏人也决不放过。好，开始！"

锣鼓敲起来，走在前面，接下来是刘半夜的两个儿子押着何老头，还是一人一只胳膊。经过我面前，何老头抬了一下眼皮，我赶紧缩到别人后面。走几步，锣鼓停下了，大家正纳闷，忽然几个小孩的背书一样的声音冒出来：

我们的校长罪该万死，不是人；我们的校长禽兽不如，是个老骚棍。七年前就起坏心思，收养个傻丫头，为了当马骑。他打韭菜我们看见了，他骂韭菜我们看见了，他干所有坏事我们都看见了。游他的街，批他的斗，打倒一切不要脸的害人虫！

我赶紧又从人后钻出来，看见七八个低年级小孩并列三排走在何老头身后，眼睛盯着何老头的后背。我也去看，何老头的后背挂着一块大白纸牌子，纸牌上写满了毛笔字。怪不得这帮小东西能背得这么齐，照着念的。不过这样我也挺佩服，说实话，有几个字我还不敢确定认不认识。我就盯着那几个含混的字认真看起来,越看越觉得这个毛笔字眼熟,后来终于想起来,这是何老头自己的字。花街没人能写这样好看的颜体字,何老头教过我们,那种胖胖的、敦敦实实的字叫颜体。何老头自己写字骂自己,还骂得这么直接这样狠,实在想不到。

大人之间,男男女女的那点事,我多少知道一点,大米他们整天把男人和女人的那个地方挂在嘴上。大米亲口对我说过,他在八条路的芦苇荡里看见过一对男女光身子抱在一起,不停地动啊动,男的屁股动起来像打夯。是谁我就不说了,反正我知道。大米说到光屁股时,两个嘴角止不住往外流口水,就像过年吃多了肥肉,油止不住从嘴边流出来一样。可是,说真的,我从来没看过何老头跟韭菜怎么怎么过,我放鸭子经常经过他们屋后,歪一下头,他们茶杯放哪个地方我都看得一清二楚。

可这帮小狗日的一起说他们看见了。不知道怎么看见的。

他们走走停停。敲一阵锣鼓,小狗日的们就齐读一遍何老头背上的字。人群里乱糟糟的,西大街本来就不宽敞,挤来挤去就更乱,我和姐姐被挤散了。乱还有一个原因,就是他们交头接耳,相互争论,据我听到的,主要有三方意见:一方认为何老头该死,多大的人了,整天戴着礼帽跟个人物似的,原来一肚子坏水花花肠子,收养一个大闺女竟然为了干这种脏事,幸亏是个傻子,你说要是个好好的姑娘,这还怎么有脸活下去,怎么嫁人生孩子呀!第二方观点完全不同前面的,傻姑娘怎么了,傻姑娘不是姑娘啊?丫丫也是女人,要不是头脑有毛病，那脸蛋，那身段，那个皮肤白嫩能当凉粉了，咱花街有几个比得上？第三种当然和前面两个都不同，那就是，他们认为根本没有的事，何校长在花街七年了，待人那个好，对丫丫更不用说了，就是个傻子也捧在手心里疼，怎么会干那种事！打死我也不会信。

"那为什么把他抓起来游街？"

"谁知道，哪个丧天良的诬陷！咱们花街，吃人饭不拉人屎的越来越多了！"

因为看法不同，人群自然分成三部分。一部分追着游行的队伍看，跟着叫唤，要打倒何老头，要打死他，有人甚至往他身上吐痰扔石子。另一部分人不冷不热地跟着，抱着胳膊三两个人说话，眼还盯着前面的队伍。第三部分落在最后面，事实上他们出了西大街就没再跟上，就在西大街的拐角处停下来，脸板着生气，为何老头咕哝着喊冤抱屈。我回头找我姐，听见他们在骂人，包括刘半夜的两个儿子。七八个小东西现在只剩下三个，走掉的几个就是被他们拎着耳朵从朗读的队伍揪出来的。他们骂他们的儿子或者小亲戚：

"个小狗日的，皮痒了是不是？让你来现眼！"

游街的队伍还在继续。一阵锣鼓一阵朗诵。后来我听大人说，中间穿插朗诵的游街，他们也是第一次看到，不知道是不是跟外国人学的。我又跑回第一部分，只是想看看热闹。我看见浓痰、石块和混着苔藓的湿泥团从不同方向来到何老头身上，那些湿泥团是他们刚从阴凉潮湿的墙角抠出来的。我什么东西都没往何老头身上扔,因为我不知道他到底干没干过坏事。也不敢,他是我老师,教我所有的功课,礼帽还在我床底下。一想到礼帽我就紧张,当时头脑进水了一定,拿帽子能当饭吃啊。

后来又想,要把礼帽带来就好了,给何老头戴上。他的高帽子被打掉了,刘半夜两个儿子帮他戴上几次又被打掉,刘半夜的儿子就烦了,装作没看见,一脚踩上去,再不必捡起来了。石块、泥巴和痰就落到他无限接近秃子的光头上。有血流出来,黏嗒嗒的浓痰也摇摇欲坠地挂下来。可是何老头像突然哑巴了一样,怎么打都不吭声。

你倒是说两句话呀。你就不说。

4

队伍从东大街刚拐上花街时,韭菜迎面甩着两只胳膊跑过来,风把她的头发吹往后吹,胸前汹涌着蹦蹦跳跳。她越过打锣敲鼓的人看见何老头低着脑袋看自己脚底下。

韭菜喊:"爸!爸!你干什么?我昨天就找你!"

何老头的脑袋一下子抬起来,他张嘴要说话,嘴唇干得裂开了两个血口子。刘半夜的两个儿子立马拉直了他的胳膊,韭菜已经闯到了他们面前。她对着刘半夜的两个儿子的手每人打了一巴掌,"抓我爸手干什么?"然后要去拉何老头,突然看见何老头脖子上挂的纸板,歪着头看了一会儿,指着纸板说,"爸,回家我做饭给你吃。这个是什么字?"

锣鼓声停下来,所有人都看韭菜。刘半夜的大儿子也愣了一下,然后松开何老头去推韭菜,韭菜就叫了,两手章法全无地对他又抓又挠。刘半夜的儿子躲也躲不掉。

何老头哑着嗓子说:"韭菜,你回家。回家。"

韭菜说："爸，他打我，我要跟他打！"一把抓到刘半夜儿子的脸上，两条血印子洇出来。刘半夜的儿子，感到了疼，抽出手摸一把，看见了血，狂叫一声发起狠来，第二下就撕破了韭菜的上衣，露出了半个胸脯和一只白胖的乳房。何老头想冲上去要护着她，刘半夜的二儿子抓牢了他的手，何老头只好含混地叫。脖子和脑门上的青筋跳起来，头上又开始流血。周围人的脚尖慢慢踮起来了。

有人在我耳边说："木鱼，好看么？"

"看什么？"我说，然后才对那声音回过味来，是大米。

"当然是那个了。"大米意味深长地对我笑，右手做出一只瓷碗的形状。

我的脸几乎同时热起来，"我没看，我在看何老头的光头。"

"没看什么？"三万的脑袋从另外一个地方伸过来，"还说他小，小什么？心里也长毛啦！"

"我心里没长。"我说，不知道该如何争辩。

"那哪个地方长了？"满桌的嘴也伸过来。

三万把满桌往后推一下，说："再问一次，给只小狗怎么样？"

"你问我爸妈要吧，他们都答应人家了。"

大米看着韭菜的胸前，抹了一把嘴。我看见我妈来了，她把韭菜往外拉，要给韭菜整理衣服，韭菜挣脱半天才顺从。她还想再抓刘半夜儿子几道血印子。大米一直都盯着韭菜看，说:"不给拉倒!走!"三万、满桌和其他几个跟在屁股后头走了。

他们拂袖而去,走得雄赳赳气昂昂,弄得我心里挺难受。同学们差不多都跟着大米他们玩,大米走到哪里后头都有一帮人,看起来都很高兴。好像不管干什么他们都开心,我就不行,我经常一个人郁郁不乐,整天像头脑里想着事一样。到底想了些什么,我也说不上来。后来我花了两天时间仔细想了一遍,觉得问题可能出在声音上,我尖声尖调,大米觉得配不上和他们玩。一点办法也没有。他要小狗我又帮不上忙,我妈说了,早就许过人家了,我的任务就是好好把它们养到满月。养就养吧,反正我喜欢这几个小东西。

游街的队伍乱了一会儿又正常了。我妈总算把韭菜弄走了。"韭菜是个好丫头。"何老头对我妈说,"你相信我,我什么伤天害理的事都没干,你们一定要相信我。斗死我都无所谓,就是毁了韭菜,她以后可怎么过日子。"他让我妈把韭菜带回家,韭菜不肯,何老头就说,"韭菜听话,回家做饭给爸吃。爸再跟着他们转一圈就回去吃饭。"

然后锣鼓又敲起来。我妈牵着韭菜的手,带她回家。这回乱扔东西的人少了。

游街一直到半下午才结束,我饿坏了。最后敲锣打鼓的声音也空起来,半天才死不死活不活地来一下,因为朗诵的小孩在转倒数第二圈时就全走光了。没了朗诵,锣鼓只好一直敲下去。回到家一个人没有,我找了个饼子边吃边去墙角找小狗,只看到绣球和两只小狗。围着院墙把旮旮旯里都找遍了，狗毛都没看见。正在院子里发愣，姐姐回来了。我问她，小狗呢？

"我还问你呢，"姐姐说，"我都找了一圈了！你把它们送人了？"

"我没送。"

"见了鬼了！"姐姐说，"就知道吃，还不去找！"

我抱着半截饼子出门找狗。想找一个东西才会发现花街一点都不小，小的是两只狗，随便钻到哪个角落你都看不见。我边找边吹口哨，希望小狗能听见。东大街、西大街、花街都找了，没有，我口干舌燥地沿运河边上走。运河里船在走，石码头上有人在装卸东西，闲下来的人蹲在石阶上聊天，指缝里夹根卷烟。我问他们，看见我家的小狗没有？他们说，你家小狗姓张还是姓李？他们就知道取笑人，所以我说：

"姓你。"

我在二码头边上看见了一只小狗。小狗趴在灌木丛里，脑袋伸出来，下巴贴着地，我对它又吹口哨又拍巴掌，小狗就是不动。我气得揪着它耳朵想拎出来，拽出来的竟只是一颗脑袋。从脖子处已经凝结了血迹的伤口开始，整个身子不见了，小狗睁大了眼。吓得我大叫，一屁股坐到地上。我在那里坐了好大一会儿工夫，潮湿的泥土把裤子都洇凉了，刚吃完的饼子在肚子里胡乱翻转，要出来，我忍着，右手使劲掐左手的虎口，眼泪慢慢就下来了。

后来我折了几根树枝，在灌木丛后边挖了一个坑。埋葬完小狗太阳已经落了,黄昏笼罩在运河上。水是灰红和暗淡的黄。一条船经过,从中间切开了整个运河。

我不敢继续找下去,怕看见另一只小狗的头。

怎么会死在这里?我想不明白,从断头处看,像刀切过,也像撕过和咬过。谁弄死了我的小狗。

刚进花街,遇上满桌,满桌说:"我捡到一只小狗。"

"在哪儿?"

"在大米家。"

我转身就往大米家跑,满桌说:"跑什么,又丢不了!"他跟着我一起跑到大米家。大米家的院门敞开着,大米、三万和歪头大年在院子里逗小狗玩。没错,就是我家的那只,他们让它一次次背朝天再爬起来。

"小狗。"我唤了一声。

小狗翻个身站起来,摇摇晃晃地向我跑来。我把它抱住,它高兴得直哼哼。

"你家的?"大米站起来,他的声音总是像从肚子里发出来的,"满桌在路上捡到的。"

"是的。"

"你要抱回家?"

"嗯。"

"捡一只狗不容易。"大米说。

"对,又不是满街都是狗。"歪头大年说。

我看看他们,不知道他们想干什么。

"总得拿点东西换换吧。"三万说。

"什么东西？"

大米抓抓脑袋，想不出什么好玩的。过一会儿说："韭菜——算了，不好弄。"然后自己就笑了，"操，还真没什么好玩的。"

"礼帽，何老头的礼帽！"满桌说，"一定在他那儿。"

"对，礼帽，"大米说，"都把这事给忘了。就礼帽吧。"

我犹豫不决。我想把礼帽给何老头送去的，省得光头上再挨石子、泥块啥的。而且过午他就感冒了，不停地抽鼻子打喷嚏。

"不换拉倒，"大米说，"把小狗放下。"

我说："换。"

小狗送回家后，我把礼帽从床底拿出来，压扁了塞进衣服里，一路跑到大米家。大米接了礼帽，拉拉扯扯让它复了原形，几个人就用它在院子里玩飞机。刚开始玩，就听见吴天野的咳嗽声，他一年四季都有吐不完的痰。大米赶紧把礼帽藏到牛圈的草料里。他怕他爸，就跟我怕我妈一样。

5

韭菜坐不住,在我家吃过饭,饭碗一推就想跑。到下一顿吃饭,我妈就差我去叫。姐姐不去,她说自己都伺候不过来,还要伺候一个傻子。我妈就骂她,傻子怎么了?你们这些没良心的。姐姐很不服气,说:

"你别这些这些的,这些是哪些?"

"就你们这些。"我妈说,"也不知道心里整天念叨些什么!我就想不通,何校长那样的好人,能干出伤天害理的事?他吴天野说有人举报,谁举报?怎么不说出来?我看就是诬陷!"

姐姐说:"妈,吴天野好像还是你什么表哥吧,还亲戚呢。"

"稀罕!什么表哥,八竿子打不着。我情愿认头猪做表哥。"

多少年我妈对吴天野就没好气,提起就骂。骂他狠,想着法子整人。据我妈说,当年吴天野做村主任时就不是好人,整个花街人饿着肚子在地里收花生,一粒都不让你吃。开始他让队长在地里跑来跑去监视,收工时扒开每个人的嘴往里看有没有花生渣；后来这个方法不行了，因为吃过后多咽几次口水就找不到花生渣了。吴天野就想出了更好的法子，收工时排队在地头漱口。地上铺开一层沙，漱口水吐到沙子上，偷吃过花生的人吐出来的水是白的，咽再多口水也不管用。我妈说，别人勒紧裤腰带干活，他倒舒服，背着手在地头像田鼠一样转来转去，没事就伸手到口袋里捏两颗花生米扔到嘴里。

我妈骂我姐的意思就是这个，自己想怎么吃就怎么吃，别人一动嘴就看着不顺眼。

当然我姐不是这样的人，她只是懒得跑。只好我去。

何老头家在学校后面，一个独立的小院。我敲半天门没人开，我就喊韭菜，院子里有两只鹅疲惫地嘎嘎应对，听声音饿得快不行了。这傻子不知道跑哪儿去了。我在院门口绕来绕去，被臭蛋他妈看见，臭蛋他妈说，往西走了。我按她指的方向找，一条巷子走到头也没看见，社会的老婆抱着孩子告诉我，拐下南了，我就往南找。过五斗渠就看见韭菜在小跑，我喊韭菜，南风吹过她的耳朵，听不见。我想再喊，看见前面晒场上的一排草垛顶上飞起一个东西，黑的，圆的，像头朝下的一个大蘑菇。我刹住脚。

接着看见大米、三万、满桌和歪头大年在草垛之间跑，叫声顺风飘过来，就是嗷嗷的胡乱喊。韭菜继续往前跑，她显然是冲着礼帽去的。果然，她边跑边喊：

"帽子！那是我爸的帽子！谁让你们拿我爸的帽子！"

她跑近了，大米他们停下来，任她怎么抢怎么叫，就是不给。他们几个诡异地相视而笑。我没敢过去，怕他们说出礼帽是从我手拿到的。他们重新让帽子飞起来，几个人传来传去，逗韭菜玩。韭菜一直拿不到帽子，气得坐到地上号啕大哭，抓起地上的土四处扬。大米他们可能怕被别人看见，又逗了韭菜一会儿就拿着礼帽跑了。

他们走远了我才上前。韭菜要礼帽，我说不管里帽外帽，先吃饭再说。

"我先要礼帽再吃饭！我爸会感冒，会流鼻涕，淌眼泪，打喷嚏。"

我说："先吃饭再要礼帽。"

"先要礼帽再吃饭！"

"吃了饭我就去给你找礼帽。"

"真的？"韭菜立马停住哭声，仰脸看我，伸出沾满泥土的小指头，"拉钩，上吊！"

好吧。我也伸出小指头，拉钩上吊。韭菜一下子笑了，爬起来，裤子上的泥土都不拍，说："噢，吃饭吃饭。"

韭菜真的推掉饭碗就要我去找礼帽。这死傻子。我妈说，好，让他找，找到了送给你。可我到哪里找，我说不知道在哪儿。我妈就给我使眼色，我就说好吧，现在就去找。我要不答应她就不跟我妈到菜园去。我出了门，瞎晃荡一圈，实在无聊就去看何老头游街了。

已经没什么好看的，还是老样子，敲锣打鼓，重新找了五个小孩跟着朗诵，内容基本不变，只是措辞上有点小改动。再

就是胸前的纸牌子换了,字也换了:

看似知识分子

其实衣冠禽兽

还是何老头自己的字,写得不如上一次认真,看来何老头自己也失去耐心了。何老头一边低头被游一边鼻涕眼泪往下掉,感冒在加重,偶尔还咳嗽。敲锣打鼓的还是那两个,劲头明显懈怠,敲出的锣鼓点子懒洋洋的敷衍了事,我估计是因为观众少了。这样的游街多少有点单调,几圈之后就不愿意再跟下去。何老头有时候甚至会抬起头看看,可能是吐痰扔石子的少得让他觉得寂寞了。精神抖擞的只有刘半夜的两个儿子,他们还像刚开始那样兴致勃勃。真不容易。

我跟着队伍把西大街、东大街和花街转一圈,就去石码头玩了。运河水突然涨起来,水流变粗变浑,翻涌着从上游下来。听说那地方连天暴雨,淹了,老屋子都被雨水冲倒了。石码头聚了不少人,看沉禾从运河里捞东西。他把两根长毛竹接在一起,前头装了个铁钩子,上游漂下来什么他就捞什么。我到的时候,石阶上已经摆了死猪、死猫、树根、锅盖、木箱子、小板凳。大家都说,按沉禾这样捞法,迟早能捞上来一个大磨盘。

到天黑他也没捞到一个磨盘。我傍晚时回的家,发现小狗又少了一只,找了半天没找到,就跑到石码头看沉禾捞上来的小动物。有一只死小狗,不是我家的。这时候天已经黑了。

6

第二天上午继续找小狗。先是三条街找，见人就问，然后就去运河边上，附近的灌木丛、芦苇荡都看了一遍。没有。又去石码头，沉禾还在捞东西，死狗倒是有几条，没一个像我家的。出了鬼了。后来遇到韩十二的小叔，他刚在八条路上看见一只狗，让我过去看看。我问他那狗什么颜色，他说没看清楚，只是远远扫一眼，好像看见了一个小脑袋晃了一下。我就往南找。

八条路在花街南边，那地方是一片大荒地，因为要穿过一片坟地，平常很少有人去。当时我根本没想到小狗根本跑不了那么远，稀里糊涂就去了。一路走走停停，进了坟地。坟墓之间长满松树，穿过时阴郁清凉，心里跳跳的。要不是大白天，打死我也不往这地方跑。快穿过坟地的时候，隐约听见附近有人说话，吓得我想往回走，然后觉得那声音有点耳熟，生铁似的，像大米的。说什么听不清楚。我弯腰在坟头和松树之间找,半天才看见一个人影在坟堆和松树之间闪动一下。

阳光从树冠之间落下来,我踩着那些白花花的阳光往那个方向小心地走。说话声越来越大,不止一个人。

一个人说:"脱。"

又一个人说:"快脱。"

另一个人说:"再往下一点。"

然后是大米的声音:"想不想要?"

我贴着坟堆往前走,忽然听见韭菜说:"给我!给我!"

有人干干地笑出声来,另一个人也笑。应该是三万和歪头大年。然后我越过一个坟头看见大米和满桌站在两座坟之间咬着耳朵说话,都把胳膊抱在怀里。三万和歪头大年分别坐在两座坟的坟头上,三万用右手食指摇动何老头的黑礼帽。

"快点,"三万说,一脸怪异的笑,"看,帽子就在这儿。"

我不敢再往前走了,躲到一个坟堆后面,歪出脑袋看。他们叫了一声,又叫了一声。一座坟堆后面升起韭菜的后脑勺,然后是她的脖子,紧接着,快得我来不及反应就露出了光脖子和光后背,然后我看见韭菜向三万跑过去,天哪,韭菜光着一个白得刺眼的身子,屁股大得像两个球,我陡然觉得有东西噎在嗓子里,打了一个响亮的饱嗝,吓得赶紧蹲下来,大米警惕地喊了一句:

"有人!谁?"

其他几个人也警惕地四处看,"谁?在哪儿?"

好一会儿没动静,韭菜也停在半路上。

歪头大年说:"没人呀,你听错了吧?"

大米说:"刚才好像有人打嗝。可能我听错了。"

三万又干干地笑出声来,说:"这鬼地方哪来的人。大米,你先来?"

"还是你先来,"大米说,"我等等。"

三万说:"还是你先来吧。要不,满桌你来。"

满桌说:"还是大年来吧。大年不是一直说自己东西大嘛,试试。"

歪头大年也干干地笑,"说着玩的,"他说,"还是三万来。你不是做梦都做过了,轻车熟路。"

韭菜又叫起来:"帽子给我!我爸的帽子!"

我伸长脖子,又打了一个饱嗝。实在忍不住。你说我看见了什么!我看见韭菜正往我这边转身,两只白白胖胖的圆乳房上下在跳,然后是两腿之间乌黑的那一团。一看韭菜那样子我就慌,心跳快得感觉要飘起来。我实在是忍不住那个嗝,为了把它打出来我脖子越伸越长。

大米说:"快,有人!"

三万几个人转身就要跑,大米让他们站住,大米说:"先看是谁!"

我一听,要命,撒腿就跑。歪头大年在后面喊:"是木鱼!"

大米说:"追,别让他捅出去!"

他们几个人在后头边追边喊,让我停下。哪敢停下,我都希望胳肢窝里长出四个翅膀来。没想到我能跑那么快,他们到底没追上,前面的路上有了人,他们不敢再追了,拐了个弯从另外一条路往花街走。我停下来,一屁股坐到地上。现在感到两腿发软了。

坐了两根烟的时间,想起来韭菜还在坟地里,站起来去找她。她穿好衣服过来了,上衣的扣子扣错了位置。见到我就说:"帽子!我爸的帽子!"

"帽子在大米他们那里。"

"我要帽子!你给我帽子!"

我就怕她傻起来像耍赖,她好像根本不知道刚才自己脱光了衣服,揪着我衣服让我给她帽子。我说好,你撒手。她总算撒了手,说:"我今天就要。"

"好,"我说。"那你以后不能乱脱衣服。"

"嗯,不脱。我要帽子。"

我带着韭菜往花街走,路边是条水沟,水不多草倒不少。走着走着韭菜不见了,回头看见她正歪着脑袋蹲在水沟边看,我叫她,她说小狗,小狗。我心里一惊。都把这事给忘了。我跑过去,她指着水草之间的一个东西说:

"小狗。小狗。"

我看完第一眼就捂上嘴。没错,就是要找的那只。只剩下一个头,这次眼是闭着的。我拉起韭菜就走,不想再看下去,也不想再去把它像上一只那样挖坑埋掉了。韭菜一路都念叨,小狗,小狗。

7

回到家,我把这一只小狗的死告诉了爸妈。报告这个消息时,我蹲在狗窝旁边,不自主地为余下的两只担心。一家人围着我也蹲下,你一嘴我一嘴猜测,还是弄不明白它们怎么就只有一个头了。什么样的动物有这种爱好?想不出来。我们也没得罪过什么人啊。可是,小狗的身子还是没了。一想到那两个小脑袋,我就觉得身上发痒,牙磨得咯吱咯吱响,鸡皮疙瘩到处跑。太让人发指了。

"一定有人算计咱们家。"姐姐说。

"哪个狗日的算计我们了?"我说。

"什么算计,"我妈说,"要算计也不会就算计两条小狗。"

"不管怎么说,防着点好。"我爸说,"人家在暗处,我们在明处,得找个彻底解决的办法。"

"送人,"我妈说,"现在就送。"

没满月也送出去。我心里咯噔响一下。我知道总有一天它们都要被送出去，可真要送出去还是相当难受，回不过神。我妈拍一下我的后脑勺，还愣，给天星和南瓜家送去。我抱着小狗不动，我妈又说：

"等着给人家弄死啊！"

我一下子跳起来，抱上一只就往外跑。我要把你送给天星家了，我对小狗说，心疼得眼泪掉下来。绣球在窝里汪汪叫，小狗也哼哼。

经过大米家，我把小狗藏到衣服里面，迅速跑过他家的门楼。大米他们都在家，三万、满桌和歪头大年叽叽喳喳地说笑。从天星家回来，他们还在说笑。我接着抱第二只小狗去南瓜家，再经过那里，他们的声音就没了。院门一扇关一扇闭，我向院子里瞄了一眼，一个人没有。送完小狗，我一路踢着小石子经过花街，心情非常沉重，那感觉就是两块肉活生生地剜给别人。大米家的院门还是半开半闭，我停下来，突然冒出的想法吓我一跳。

接下来又吓我一跳，我进了大米家的门。院子里一个人没有。我直奔牛棚，那堆草料，草料中间的缺口不仔细看很难发现。我悄无声息地凑过去，一伸手就抓到了，塞到衣服里就往外跑。出了院门才知道看看周围有没有人，然后感到了剧烈的心跳。

拿到了。我竟然从别人家的院子里偷了一个东西。

我妈在厨房里烧水，随口问了一句："送去了？"

"嗯。"我说,赶快进了自己的屋。

把礼帽塞到床底,我坐在床头发呆,想着直接给韭菜是否合适。她可是个傻丫头,说不准嘴皮一动就把我卖了。我不放心。后来决定还是先问问我妈。

"在哪儿拿的?"我妈问。

"大米家门口捡的。"我低下头,"何校长头破了,感冒了。"

"别给丫丫,省得她惹事。直接给何校长。"

"他是不是关在大队部?"

"好像不在,"我妈说,然后问我爸,"何校长关在哪儿?"

"反正不在大队部,"我爸正在修渔网,"卫生室在大队部,人来人往的,没听说有人看见他关在那里。"

何校长关在哪里也成了问题,这两天都把这事忽略了。具体关在哪儿,我爸妈也说不出个头绪来。姐姐带着韭菜从门外进来,韭菜见到我就要礼帽。我看看我妈,我妈让我拿出来。她把礼帽形状整好,对韭菜说:

"丫丫,帽子找到了,让木鱼送去行不行?"

"不行!"韭菜说,"我送,是我爸的帽子!我要见我爸!"

"你不能送,"我妈说,"支书说了,你要送他就把你爸关上一辈子,你就再也见不到他了。"

"真的?"

"真的。"

"那好吧，不送了。"韭菜翻着白眼，对我说，"那你现在就送！"

"好，我这就送，"我找了个口袋装礼帽，甩在背上出了门。到石码头上看沉禾捞了一阵东西就回来了。运河里的水还在涨，上游的天一定是漏了。进门的时候我把礼帽藏到衣服里，抖着空袋子给韭菜看。我说，"看，帽子送给你爸了。"

韭菜笑眯眯地说："这下好了，我爸不淌眼泪不流鼻涕了。"

淌不淌眼泪流不流鼻涕谁也看不到，今天没游街。我爸早上去石码头，听刘半夜说，游街先停停，都累了，养养神再游，他两个儿子都在家睡觉呢。石码头上的几个人还向刘半夜打听何老头关在哪里，刘半夜摆摆手说不知道，他那两个龟孙儿子回到家一个屁不放，都快成吴天野的儿子了。

8

几个小狗都没了,绣球没事就在窝边转悠,有时候正在门口走,突然就返身往家跑,到了窝前就呆呆地站着,悲哀地哼。给东西也不大吃,闻一闻就饱了。我若叫它,它就把脖子贴着我的腿蹭来蹭去,眼里湿漉漉的要哭。我就安慰它,别难过绣球,明天咱再下一窝小狗。不知道它听没听懂,摇摇尾巴出了门。这一出门就没回来,天黑了还听不到动静。

姐姐说:"找小狗去了吧?"

找也不能找到现在啊,天黑了人还知道往家跑呢。我不放心,潦草地扒了几口饭就出去找绣球,怕它像那两只小狗一样,只剩下了个脑袋。

绣球不是小狗,只要听见我的声音它就会跑出来。我只顾赶路,嘴里发出各种声音,吹口哨,唤它的名字,自己跟自己说话。有人经过从我身边经过,都扭过头看我,怀疑我头脑出了毛病。几条街都找了,尤其是天星和南瓜家,都没有。奇了怪了，绣球在我家已经养了六年，闭着眼也能找到家门的。

那天晚上的月亮像一片弯弯的薄刀刃，血红地垂在半天上。运河里的水是黑的，有几盏灯在船上含混地亮，我在地上看不清自己的影子。灌木丛里有奇怪的小虫子在叫。因为吹口哨，我的嘴麻了；因为唤绣球和自言自语，嗓子干了，绣球还是没找到。血红的薄刀刃月亮在走，我到废弃的蘑菇房时应该挺迟的了。

蘑菇房在运河边上，很大，连着五大间，早些年一直种蘑菇。后来不知什么原因不种了，荒废在那里。屋子里一层层的蘑菇床逐渐被人拆完了，拿光了，剩下空荡荡的空房子。门常年锁着，阳光都进不去。我们在夏天倒经常进去，是从屋后的通气孔爬进去的。在运河里洗完澡，几个人一起往里面钻。一个人不敢进去，里面阴冷潮湿，霉烂的味道熏得人喘不过气来。有轻狂的小孩钻进去，喜欢在里面拉屎撒尿，所以里面还臭烘烘的，光线好的时候能看见苍蝇、屎壳郎和骨瘦如柴的老鼠在地上乱跑。

那天晚上蘑菇房黑魆魆的像个大怪物，看得我心里直发毛。所以我走得小心，贴着墙根轻手轻脚地走，突然脚底下一滑，凭感觉是踩到了一泡野屎上，叫了一声。叫声之外一片寂静，小虫子的叫声也成了寂静的一部分。我甩着脚，准备往河边的草上抹，听见一声哼哼。我停住脚，又听到一声哼哼。

"绣球？"我小声唤一下。

又是哼哼。

"绣球!"我把声音放大。

绣球的哼哼声也变大。我断定声音是从蘑菇房里传出来的,才敢把头凑近通风口。

"绣球,"我说,"你怎么在这里?出来啊。"

绣球悲哀地哼哼几声。

里面突然有个人声说:"是木鱼?"吓得我把头往后一缩,撞到了墙上。那声音继续说:"我是何校长。"

"何,何校长,你怎么也在这里?"

"几天了都在。绣球倒是下午才来。"

"它怎么会到这里?"

"大米他们把它鼻子穿了绳子,扣在这里。"

"大米?"

这狗日的,为什么要把绣球弄到这里来。我把头伸进通风口,什么也看不见,只闻到一股霉烂和臊臭味,还有隐约的血腥气。何老头咳嗽了一声,绣球跟着也哼哼了一下。爬进蘑菇房我是憋着一口气的,否则熏不死也丢半条命。脚底下滑了一下,不知道又踩到了什么。伸手不见五指的黑,只有绣球的两只眼放着光。

"看不见呀,何校长。"我说。

"等一下就适应了。"

等了一下还是看不清楚。绣球在前,哼哼地叫;何老头在后,嗓子里絮絮叨叨的痰吐不出来。两个都是个囫囵的影子。我对着绣球的影子伸出手,碰到了一根绳子,绣球凄厉地叫了一声。

"别动绳子,"何老头说,"绣球穿了鼻子了。"

何老头的意思是,绣球像牛一样被穿了鼻孔。我知道穿了鼻孔的牛,你动一下缰绳都疼得要它的命。因为看不清穿鼻绳的位置,缺少断开穿鼻绳的灯光和剪刀,我就从通风口原路爬出来,一路跑回家。爸妈他们都睡了,我把动静尽量放小,拿了手电筒和剪刀就往蘑菇房跑。跑到半路,想起何老头的礼帽,又跑回家拿。

灯光一照,蘑菇房里脏得实在不能看,何老头和绣球一个头上有伤,一个鼻子上有血,在灯光底下形如鬼魅。绣球对着灯光可怜地哀鸣。何老头遮住眼,受不了强光,过一会儿才把手拿开。我把礼帽递给他,他不要,让我带回去先收好。我可不想再收了,还是给你的好,正好治治感冒。顺手扣到他头上,疼得何老头直咧嘴。何老头帮着打手电,我剪穿鼻绳。狗日的大米贴着绣球鼻孔打了个死结,费了我不少工夫才剪开。整个过程绣球一声不吭,剪完了才开始亲热地舔我的手,眼泪一滴滴往下掉。

"绣球,绣球,"我说,"好了,咱们可以回家了。"

然后要给何老头解绳子,何老头不让。"不能连累你,"何老头说,"斗几天就该放我回去了。"

"我妈说,吴天野坏得头顶长疮脚底流脓,还是跑了好。"

"不行,我不能让他得逞。我跑了,那更称了他的心,乡亲们还不以为我真干了伤天害理的事。"

"真不跑？"

"不跑。"

"好吧，我爸妈都说你是好人，"我摸着绣球的脖子，"韭菜在我家，老是要找你。"

"千万别让她知道我在这里，过几天就出去了。"他把礼帽拿下来，又要给我，"你拿走，出去了我问你要。"

我没要，已经够我麻烦的了。我说还是你戴着吧，抱着绣球就走。他让我站住，我已经把绣球从通风口塞出去了，然后自己也爬出来。月亮很高，脚底的草唰唰地响，经过之处露水遍地。

9

一大早我爸妈就在院子里说话，叽里咕噜的，绣球也跟着叫唤。他们总是这样，起得挺早，起来了又干不了多少正事，一个鸡食盆子的位置也能争论大半个早上。我换了个姿势想继续睡，又感到有点憋尿，就爬起来上厕所。爸爸蹲在井台边磨刀，妈妈在洗衣服，干活时两人的嘴都不闲着，看见我就停下了争论。

"木鱼，起这么早干什么？"我爸问。

"上厕所。"

"接着睡，"我妈说，"没什么事。"

当然要继续睡。离太阳升起来还早，花街上空笼着一片湿漉漉的灰色。花街就这样，大清早都像阴天。我撒完尿回来，爸爸还在磨刀，妈妈还在洗衣服，他们还在咕咕哝哝。我回到床上，一歪头睡着了。还做了一个梦，梦见绣球又下了四只小狗，一只黑的，一只白的，一只黄的，一只花的，每只小狗都长了一身光滑闪亮的长毛,跑起来像个大绒线团。绣球逗着四只小狗玩,高兴得直叫。一直叫,开始叫得挺开心,叫着叫着就不对了,很痛苦,成了绝望的哀鸣。那叫声让我都听不下去了,因为难受我就醒了。睁开眼还听见绣球在叫。我坐起来竖起耳朵再听,真的是绣球在痛苦地叫。

我伸长脖子往窗外看,看见绣球躲在窝后趴着,痛苦地哼哼,爸爸向它招手,绣球犹豫一下,站起来跟跟跄跄向他走去。爸爸抚着绣球的脑袋,慢慢地把它夹在左胳膊底下,右手突然往绣球脖子底下猛地一送,绣球的身体剧烈地抖起来,叫声凄惨可怖,尾巴一下子也夹到两腿之间。爸爸松开手,绣球跑了出去,又躲到窝后边。爸爸迅速把右手藏到了身后,我看见了一把血淋淋的锋利的剔骨刀。

爸他在干什么?我在床上就喊起来,我喊:"爸!爸!绣球!绣球!"穿着裤衩跑出屋,我继续喊,"绣球!绣球!"

爸爸说:"没你的事,回屋去!"

"你杀绣球!"我冲着他喊,"你杀绣球!"绣球气息奄奄地趴在窝边,两眼半闭,无神地看着我,它想对着我摇尾巴,举了几次都在半路上掉下来。我又喊,"绣球!绣球!"它听见了,努力睁开眼,它想站起来,前腿蹬了几次都没起来。绣球对我缓慢地摇头,每摇一下脖底下就洒出一些血。我伸出两只手喊:"绣球!绣球!"眼泪哗哗地掉下来。绣球的毛一下子张起来,柔软的毛当时就直了,脑袋猛地扬起来时前腿也跟着蹬直,后退随即用力,站起来了。绣球摇摇晃晃向我走来时，血滴滴答答往下掉，到我面前还是直直地站着。我蹲下来，把手心给他舔，然后低头看它脖子底下的刀口，只看见一大团血污把毛染得黑红。"绣球！"我说，要去抱它，被爸爸一把推倒在地上。爸爸的刀子再次扎进绣球的脖子底下，有血喷到我腿和脚上。我抹了一手的血，大哭起来。

绣球摇晃得更厉害了，浑身的毛开始一点点弯曲，下垂，然后紧紧地贴到皮肤上，像一朵花在瞬间衰败。先是后腿软得支撑不住坐下来了，然后是前腿，一节一节地弯折，先是跪，接着趴下了，越趴越低，整个身体贴到了地面上。下巴搭在我的左脚面上。绣球抖得毫无章法，嘴角慢慢流出血来。它看着我，眼睛里的光越来越暗淡，就像有些东西越走越多，留下的越来越少。两只眼开始关闭，慢得像它的呼吸，它吹到我脚面的热气越来越轻越稀薄，然后眼里胀出了泪水，两只眼完全闭上时，两滴巨大的黏稠的眼泪慢慢滚下眼角。我感觉到绣球的下巴震动一下，放松了，整个身体随即摊开来。绣球的脑袋歪在我的脚面上，不动了。

我说："绣球。绣球。"绣球听不见了，它的耳朵垂下来，堵在了耳眼上。

爸爸扔下刀要来扶我起来，被我一拳打在两腿之间，他立马捂住裆部弯下了腰。"疯了你啊！"我爸说，"找死啊你！"

"你为什么把绣球杀了！"我愤怒得对着自己的大腿一个劲儿地打。

爸爸的疼痛减了一些，一把将我拎起来，"站好了！"我爸说，"我不杀等着别人杀啊？你不想想，人家都杀了我们几条狗了！有人惦记你，你以为绣球能活几天啊。"

我不管。绣球死了。我重新坐到地上，摸着绣球的鼻子无声地流眼泪。绣球的鼻子还湿润着，穿鼻绳留下的血痂还在。绣球。绣球。我坐在地上把它身上的毛理顺了一遍，让它像平时睡觉时一样趴着。

10

爸爸把绣球吊在槐树上开膛破肚。我不在家,整整一天我都在外面晃荡,一口饭没吃。吃不下,一想到绣球死了我就什么都不想吃。这一天我沿着运河走了不下二十里路,心里头恨我爸也恨大米。我不知道那两条小狗是不是也是大米他们杀的,我就是想不通他们为什么好好的就要杀掉一条狗。运河水浑浊不堪,上游的雨还在下。我觉得全世界的水都流进运河里了。

半下午回来经过西大街,看了一会儿何老头游街。他的礼帽没戴,光着脑袋在风里走。这一次他没低头,而是仰着脸,那样子倒像领导下来视察。他一把脸扬起来就没人敢对他吐痰扔石子了,因为他的目光对着周围的人扫来扫去,看得很清楚。

在花街上遇到了歪头大年。大年说:"找你呢,大米让你去他家玩。"

"不去。"我说。

"不给大米面子？可是他让我来找你的。大米说，如果你去，咱们就是一伙儿的了。"

我犹豫了半天才说："家里有事。"我不能去。他们害了绣球，我从大米家偷了礼帽，怎么说也不能去。

歪头大年悻悻地走了。

回到家，天已傍晚，青石板路上映出血红的光。我妈在厨房烧锅，韭菜和我姐围着锅台兴奋地转来转去。韭菜搓着手说，香，香。我也闻到了，但闻到的香味让我翻心想吐，肚子里如同吞下了块脏兮兮的石头。韭菜又对我说，香，香。

我对着她耳朵大喊："香！香你个头！"

韭菜咧着嘴要哭，对我妈说："他骂我！他要打我！"

我妈说："别哭，我打他，你看我打他。"然后把我拉到一边，问我，"那个，肉，你能不能吃？"

我摇摇头，"不饿，"径直往屋子里走，"我困了，想睡一觉。"

被我妈叫醒时天已经黑透，他们吃过了晚饭。给我留下的饭菜摆在桌上，菜是素的。我坐到桌边，用筷子挑起一根菜叶晃荡半天，还是放下了。吃不下，一点吃的心思都没有。然后喝了点玉米稀饭就站起来。月亮变大了一点，成了血红的半圈饼子，院子里前所未有地安静，这个世界上缺几声狗叫。我妈从厨房拎出一个用笼布包着的大碗，递过来说：

"你给何校长送去，可能几天没正经吃东西了。"

不用猜我也知道碗里装的什么。我接过来，一声不吭往外走。花街的夜晚早早没了声息，各家关门闭户，偶尔有灯光斜映在门前的石板路上，蓝幽幽的泛着诡异的光。石码头前面晾满了沉禾打捞上的大大小小的东西。蘑菇房远看就是个巨大的黑影子。我来到屋后，正打算对着通风口向里说话，听到有人开锁的声音，紧接着吱嘎一声门响，一个影子进了蘑菇房，突然打开手电，何老头被罩在光里扭着身子。

手电筒的光在蘑菇房里走来走去，他们两人好长时间都不说话。后来那人拿出一个东西晃到手电筒前，是礼帽，我心下一惊。我说怎么今天游街没看见何老头戴帽子。那人说话也吓我一跳，生铁似的声音，猛一听像大米，再听几句就发现不是，比大米的声音老，声音里总有丝丝缕缕纠缠不清的东西。是吴天野，他有咳不尽的痰。吴天野摇着礼帽说：

"老何，今天游街感觉还好？"

何老头哼了一声没理他。

"我知道你恨我恨得牙根都痒痒。"吴天野说，他走到何老头面前蹲下来，手电筒夹到胳肢窝里，灯光正对着何老头的脸。我慢慢也看到了吴天野轮廓模糊的脸。吴天野一手拿着礼帽，另一只手的中指嘭嘭地弹响礼帽，"这个东西还真不错，戴上就人五人六的样儿，怪不得咱花街的人都把你当个人物待。"

"吴天野，你究竟想怎样？"何老头说。

"不怎样，"吴天野站起来，夹着手电筒慢慢围着何老头转圈,一手拿礼帽拍打屁股,"我能怎么样?就这么游游斗斗。"

"就是个礼帽碍你的眼,你就整我?"何老头说,连着一阵咳嗽。

"何校长,这你就错了,原来我还真以为就是个礼帽扎我的眼,咱这小地方,戴上你这东西就高人三分。今天我把礼帽拿回去,戴上了才发现不是这回事,帽不帽子不是关键。关键是你这个人,书上怎么说的?知识分子哩。知识分子。对,就是这个,大家就是敬畏你这个知识的分子。"

"你明知道我是真心把韭菜当亲生女儿养的。糟践我就算了,你连一个傻丫头都不放过!"

"不是个傻子还不好办哪,反正她也说不出个道道来。"

"吴天野,这些年了,你还容不下一个外地人。我忍着,你还是变本加厉。好,除非你把我整死了!"

"想去告我?"吴天野笑起来,灭了手电,蘑菇房一下子黑得像团墨,"想也别想。你拿什么证明你们爷俩的清白?我劝你还是别烦那个神了。"吴天野在口袋摸索出一根烟,点上,吐一口烟雾接着说,"不是不容外地人,是你扎我的眼。看看这花街,都说你的好,有那么好么?我不信,所以要让大伙儿看看。"

手电亮了,吴天野把礼帽给何老头戴上。"来,戴上,明天就戴着礼帽游,让乡亲们开开眼,我们的大知识分子也干禽兽不如的事。"他又摸出一根烟,点着了塞进何老头嘴里,

"这地方虫子多,潮气重,抽根烟熏熏,对身子骨有好处。看,我可没亏待你。"

吴天野蹲在何老头对面,两人不再说话,直到抽完了那根烟他才锁上门离开蘑菇房。

我听见他的脚步声越走越远,才拎着碗爬进蘑菇房。

何老头说:"谁?"

"我,木鱼。给你送吃的。"

我把手电打开,光线罩住碗,扭过头去。何老头掀开盖子时我闻到香味,的确是那种诱人的香味,我肚子里咕噜咕噜叫几声,但还是没胃口。

"什么肉?"

"狗肉。"

"绣球?"

"嗯。"

何老头的咀嚼声停住了,嘴里含混地说:"绣球。"

11

本来何老头的游街已经索然无味,花街人已经没什么兴趣,也就是溜一眼,今天不一样了,溜完一眼溜第二眼再溜第三眼,三三两两又围成了一大圈。何老头戴着礼帽游街了,大伙儿觉得怪兮兮的。在平常,何老头的礼帽在花街一直是正大庄严的,那是知识、文化,是个一看就让人肃然起敬的东西;现在它和一前一后的两张大纸牌在一起,纸牌子上又是那样的内容,两个弄一起就有点不对劲儿。别扭在哪里,说不好,反正意味深长。所以溜完一眼就站住了,接着看。打鼓敲锣的受到鼓舞,空前卖力,刘半夜的两个儿子也挺起腰杆,收起前两次的松散,像当兵的一样咔嚓咔嚓走起路来。朗诵的三个小孩也是新的,声音脆得像水萝卜,节奏鲜明。

不管怎么说,这是相当成功的游街,起码在场面上是。我也一直溜了下去,一边后悔没按何老头说的替他保存礼帽,一边又舍不得走。戴礼帽游街真是有点意思。

快到中午，游街的队伍走到大队部门口，韭菜不知从哪里冒出来，上来就踹刘半夜的两个儿子，一人一脚。刘半夜的两个儿子没提防，赶快撒了手去挡韭菜，韭菜又哭又叫，骂他们的爹妈，也就是刘半夜和他老婆没屁眼。刘半夜的两个儿子急了，一个揪头发，一个拽衣服，要把韭菜哄走。韭菜逮着谁抓谁，逮着谁咬谁，何老头让她停下也不听，一口咬住了刘半夜大儿子的胳膊，疼得他龇牙咧嘴，等她松开口，刘半夜大儿子的胳膊已经鲜血淋漓。

韭菜说："让你押我爸！让你押我爸！"

刘半夜的二儿子一脚把韭菜踹到人群里，幸好很多人接应才没摔倒。锣鼓声停了，两个人握着锣槌鼓槌躲到一边，三个小孩被吓哭了两个。有人闹起哄来，刘半夜的两个儿子气急败坏要追着韭菜打，架势都摆了，这时候吴天野从大队部出来，喝了一声，刘半夜的两个儿子就不敢动了。

游街因此草草收了场。韭菜想把何老头拽回家，被别人拉住了，又是一阵蹦跳和叫骂。

绣球和小狗都没了，游街也没了，找不到事干，午觉又睡不着，我一个人丢了魂似的在花街上游荡。游荡也没意思，好像所有人都有自己的事忙，就我一个闲人。转了大半个下午，还是去了石码头看沉禾捞东西。沉禾是捞出甜头了，见什么捞什么，捞到好东西私下里就卖给别人。大家就开玩笑，说沉禾即使发不了财，捞个好看媳妇应该不成问题。

正看沉禾捞上来一把竹椅子，满桌跑过来找我，把我拉到一个没人的地方，鬼鬼祟祟地说，到处找我，总算逮着了。

"干吗？"

"大米有请。"

"我一会儿有事。"

"你最好还是去，"满桌一脸坏笑地说，"我们都知道谁是小偷。"

"什么小偷？"

"从大米家偷礼帽啊。"

"找我有事？"我挺不住了。

"去了就知道了。"

满桌在前面走，我在后面跟着。一路向南。远远看见了那片坟地，我有点怕了，磨磨蹭蹭不愿再走。

"走啊。"满桌说。

"到底什么事？"

"放心，绝对是好事，"满桌又是一脸坏笑，"大米想跟你交朋友呢。"

"交朋友在花街就行，跑这么远干吗？"

"花街上不方便嘛。走吧。"

进了坟地，满桌右手拇指和食指插进嘴里吹了一声口哨，东南边也响起一声口哨。满桌说，那边。我就跟着他到了那边。

大米和三万坐在两个坟头上，何老头的礼帽竟然到了三万手里。大米对我笑笑，用他生铁似的好听的声音说："来啦?"我点点头。三万对着我转起礼帽,说:"这个还认识吧?又到了我们手里了。"我没说话,脸上开始发热。

"帽子给我!"我突然听到韭菜的声音,扭过头看见她的一只胳膊被歪头大年抓着。韭菜上衣最上面的两个扣子散开,裤子没了,只穿着内裤,两条丰润白嫩的长腿露在外面。

"只要你听话,帽子一定会给你的。"三万说。

"你们想干什么?"

"不是'你们',是'我们'。"歪头大年说,"咱们有福同享。你来了,就有你一份。"

"不关我的事,"我转身就跑。

"别让他跑了!"三万说。

"让他跑,"大米说,"明天花街就多了一个小偷。"

跑两步我就停下了。满桌走过来,拉着我的胳膊说:"我看你还是乖乖地待着吧。"我顺从地跟着满桌站到大米那边去。对面的韭菜说:"你帮我把帽子抢过来!"

大米说:"你再叽叽歪歪,我就把礼帽烧了!"

韭菜翻着眼不说话了。

大米对歪头大年使个眼色,大年尴尬地看看我说:"还是让木鱼来吧。"大米说:"我说的是衣服。"大年搓了半天手,对韭菜说,"你不准喊,你要喊礼帽就没了。"韭菜点点头。大年又搓了两下手,开始解韭菜上衣的其他纽扣,解的时候手指不停地哆嗦。他的脸涨得通红。终于解开了,韭菜里面还穿了一件小衣服,给韭菜脱外衣时大年如释重负。"我脱完了,该三万了。"他说。

"那个就别脱了吧,"三万对大米说,"都脱了躺下来草扎人。万一她疼得叫起来怎么办?你说呢。"

"嗯,好。"大米说,"满桌,该你了。"

"我?干什么?"

"说好了的,内裤。"

满桌脖子都粗了,"我,我,真脱啊?"

歪头大年说:"操,你以为啊,谁也跑不掉!"

满桌吐了一口唾沫,"操,脱就脱,谁怕谁!"他走到韭菜面前,把韭菜脱下来的上衣铺在两座坟堆之间的空地上,"躺下。"他对韭菜说。三万及时对韭菜挥了挥礼帽,韭菜听话地躺下了。满桌蹲下来时放了一个响亮的屁,连韭菜都笑了,韭菜说:"屁!你放屁!"满桌的头脸红得像龙虾,憋出一个笑,"吃多了。吃多了。"他的手碰到韭菜的胯部被烫了似的跳一下,然后一咬牙,抓住了内裤就往下拉。坟场上呼吸的声音消失了,几个人的脖子越伸越长。韭菜咯咯地笑了一串子,她感到了痒。然后我们就看到韭菜肥白的大腿中间一团墨黑。大米他们从坟堆上站起来,一起叫:

"哇!"

韭菜本能地捂住两腿之间。三万说:"把手拿开!"韭菜就把手拿开了,说:"凉。"

"马上就不凉了,"大米用下巴指指我,"该你了。"

"我?"

"你。"

"老大，"歪头大年说，"第一仗真让这小子打？太便宜他了。"

"那你上？"

"好吧，那就让木鱼上吧。"

"裤子脱了！"三万对我说。我立马按住裤带，知道他们要我干什么了。他们让我跟韭菜干、干那种事。"不，不行，"我说，"我不上。"三万说："那你就老老实实做小偷。看着办。"满桌和歪头大年凑过来，一人抓住我一只手，"我看你就别装模作样了，"歪头大年说，"别耽误时间，弄完了我们还要打第二第三仗呢。"他们竟然强行解开了我的裤带，跟着就褪下了我的裤子，然后内裤也扒下来。我又跳又叫最终还是没能挣脱掉。我捂着脱光的下身无处可走，他们把我的衣服扔给了三万。

"快点！"三万说，他的脸红得像蒸熟的螃蟹，两眼要冒出火来。

"我不去！"

大米冲上来给我一个耳光，"由不得你了！"一把将我推到了韭菜面前。大米的眼也红了，一手揉着下身凸起的地方。他们把韭菜的两腿分开，让我跪倒她两腿之间，活生生地掰开了我的手，大米喊着："看那里！"我顺着他手指的方向看见了韭菜的那个地方，突然感觉到一股强烈的尿意，伴随着贯穿脑门的一道明亮的闪电，那耀眼的闪电如此欢快，稍纵即逝，我挣脱了他们，重新捂住两腿之间，我撒尿了。紧接着歪倒在一边呕吐起来，韭菜黑乎乎的那个地方让我翻心不止，五脏六腑肚子里乾坤倒转。

我一阵阵地吐，比看见小狗的脑袋吐得还厉害。我赤裸下身倒在草地上，觉得自己可能会一直把自己呕空掉，呕得从地球上消失不见了。韭菜见我呕吐，要起来看看我，被满桌按在了草地上。三万对着我屁股踢了一脚，说："操，真没得用！"

"怎么办？"歪头大年摩拳擦掌。

大米咬着牙说："妈的，不管了，我们自己来！"

"怎么来？"三万说。歪头大年也凑过去。一下子群情激奋。

"石头剪刀布，谁赢了谁先来，谁也不准退！"

12

最先是歪头大年赢。

大年扭扭捏捏，被大米踹了一脚，还是那句话，谁也不准退。歪头大年褪下裤子，刚趴到韭菜身上我就扑过去，死命地把他往下拉。我说韭菜你快跑，他们都不是好东西！韭菜却说，不，我要爸爸的礼帽。我把大年的屁股都抓破了，大年叫起来，三万和满桌一人抓我一只胳膊，死拖烂拽把我弄到一边。

"守住他，"大米说，又对歪头大年说，"继续！"

歪头大年哼哧地喘了口粗气，韭菜就叫起来，喊疼，让大年下去，大年说，不下不下，好容易进来的，马上就好，马上就好。韭菜继续叫，几声之后就不叫了，反而呵呵笑起来，说好玩好玩。然后轮到歪头大年叫，哎哟，死了一样滚到旁边的草地上。

石头剪刀布，满桌赢。歪头大年提上裤子代替满桌按住我的手脚。满桌的喘气声更大,像头牛,他的时间要长一点,也是大叫一声完事。我的嘴对着茅草地,骂一句就要抬一下头,大米对着我的太阳穴踢了一脚,我头脑嗡的一声就糊涂了。

等我迷迷糊糊醒来,韭菜一个劲儿地喊疼,歪头大年在叫唤,他又上了韭菜的身。我扭头看见大米正心满意足地坐在坟堆上,裤子穿了半截,拿一根草茎在剔牙。三万和满桌还在压着我的手脚。然后歪头大年长号一声,像头猪似的仰面躺到韭菜身边。韭菜在哭,看起来力气全无,边哭边说:

"你们都不是好东西!帽子给我!我让我爸打死你们!打死你们!"

"帽子给你。"大米站起来系裤带,把帽子扔到韭菜身上,又对满桌和三万说,"别管他了。你们给这傻丫头穿下衣服,让她先走。"

他们松开了手,我的手脚早就麻木,一时半会动弹不了,小肚子都麻了。他们给韭菜穿衣服时趁机东捏西摸,然后给她帽子打发她回花街了。三万说,对谁都不能说,否则不仅把帽子收回来,连何老头的命也逃不掉。韭菜吓得连连点头,一瘸一拐地走了。走时还对我说:

"我先走了,给我爸送帽子去。"

"这个怎么办?"三万问。

"扔在这儿,"大米说,一脚踩到我后背上,"要是说出去,有你好看的!"然后对其他三人挥挥手,离开了坟地。

太阳早就落尽,昏暗的夜色从松树遮蔽的坟地里升起。他们走远了,我爬起来,找到衣服慢慢穿好,一边穿一边哭。忽然一声凄厉的鸟叫,吓得我歪歪扭扭往坟地外跑。上了大路又慢下来,满脑子空白,只感到累,觉得筋疲力尽。走了一会儿实在走不动了,就在路边坐下来,眼睛直直地盯着路边的水沟里。满眼空白。慢慢地,有个东西在昏暗中分明出来,我晃晃脑袋醒神,看见了枯干的小狗的头。一时间恶心袭来,翻天覆地的呕吐又开始了。

肚子里已经呕空了,我就呕出血丝血块和一串串声音,声音越呕越重,越呕越嘶哑。后来呕吐累了,就在歪倒在路边睡着了。醒来时感到冷,一身的露水。月在半天,野地里一片幽蓝的黑,蓝得荒凉也黑得荒凉。我爬起来开始往花街走。

快到花街时拐了一个弯,在谁家废弃的墙头上捡了一块石头,拿着去了蘑菇房。房门锁着,周围寂静无声。我拿起石头对着门锁开始砸,石头击在铁上冒出了火星。何老头在里面问,谁?你在干什么?我没说话,一直把锁砸开。

屋子里一团黑,过了一会儿才慢慢适应。我直奔何老头去,朦朦胧胧看见捆他的绳索,先用石头砸断拴在一块大石头上的绳子,然后用手和牙解捆住手脚的绳子。

何老头说:"木鱼,是你吗?你干什么?"

我没吭声。

"你不能解开我绳子!"

我还是不说话。解开所有的绳子让我满头大汗。"走!"我对他喊,"你赶快走!"然后出了门。

回到家，爸妈都没睡，急得在院子里团团转，他们问我到哪儿去游尸了现在才回来，我没理他们，直接去了自己的屋，脱了鞋子爬上床，衣服都没脱就睡了。

第二天早上，我还在睡，我妈急匆匆地在门外对我说："木鱼，木鱼，何校长不见了！"我费了好大的力气才清醒过来，浑身酸痛地下床走到门外，阳光很好。我妈还在说，"何校长不见了！在石码头捞东西的沉禾说，他在河边捞到了何校长的礼帽，就是没看到人。他们都说，何校长是不是跳河死了？"

"什么？"

我妈忽然吃惊地看着我，"你说什么？"

"我问何校长真的跳河死了？"

我妈的表情更加诧异，"你的声音！"

"什么我的声音？"

"你声音变了，"我妈说，对扛着鱼叉从外面回来的爸爸说，"你听，木鱼是不是苍声了！"

"苍声？"我重复了一下。

我爸歪着头看看我，说："嗯，好像是。现在就苍声了。"

我啊了一声，果然跟过去不同了，听起来像生铁一样发出坚硬的光。

镜子与刀

1

前面是门,后面是窗户。门外是花街,一间间高瘦的灰瓦房,檐角像鸟的翅膀一样翘起来,几乎每个院子里都有一棵槐树。现在槐树花正盛开,白白的团团簇簇占了大半个院子,团团簇簇的香甜味跟着风斜着往天上跑,经过穆家饭店的两层楼。老板的儿子穆鱼站在二楼门前捂住鼻子和嘴,香味呛得他想咳嗽,他离开门,转身回到屋里,无所事事地转了几圈,从抽屉里拿出一面小镜子,圆的,背面贴着一只凤凰。他举着镜子爬到窗户边,对着窗外的石码头和运河照起来。然后,他在心里念念有词:

"天灵灵,地灵灵,大雨小鱼现原形。"

一点动静都没有,石码头还是石码头,运河还是运河。有人在石阶上湿漉漉地走,有船在靠岸和离开,更多的船从运河上经过,摇桨的看起来好像原地不动,只有机动船才拖着大辫子一样的黑烟突突突驶过水面。天灵灵,地灵灵,大雨小鱼现原形。没有鱼从水里漂上来。他觉得很没意思，甩了几下镜子，突然发现原来镜子里没有光。这是背阴的一面。他抓着镜子上了楼顶。

楼顶是个宽敞的平台，上午的阳光照在芦席上的四排鱼干上。穆鱼舞动镜子，阳光像手电筒一样照到鱼干上。然后是树、石码头、运河、船、来往的人，然后照到一条泊在岸边的巨大的乌篷船。天灵灵，地灵灵，他还在心里念叨，就看到椭圆形的阳光照在了船头的一张黑脸上。凭直觉，穆鱼认为那张脸应该超过八岁，具体超过多少他心里没数。他只能用自己的年龄去衡量别人，超过八岁他就不知道会长成什么样子了。那个男孩躺在船头睡觉，光头，肚子上只盖一件灰色的衣服，蜷缩得像条狗。他的个头比自己大，穆鱼一看就知道。这是个陌生人，穆鱼对他的兴趣开始只是他的光头，他发现镜子里的阳光照到光头上时，光头像灯泡一样发出了光。他一动不动地照着，让它坚持不懈地发光。

光头男孩动了动，挠了几下脑袋，他感到了热。他又张了张嘴。穆鱼就把椭圆的阳光对准了他的嘴，嘴没有感觉。又照他的眼。他动了，摇了摇头。穆鱼的兴趣就转移到了他的两只眼。不仅照着，还不停地晃动，他觉得自己是在用一个透明光亮的手去摸光头的眼。光头猛地摇了几下头，懵懵懂懂地睁开眼，疑惑地看看四周。穆鱼赶紧收起镜子。光头又睡了。穆鱼再照，一会儿光头又醒了，他拼命地揉眼，突然坐了起来，穆鱼的镜子收迟了，他看到了一个光源，一个男孩趴在楼顶上。

他愣愣地看着穆鱼，突然从屁股后头摸出了一只白瓷碗。穆鱼觉得眼前明亮地一晃，白瓷碗像太阳和镜子一样对他发出了光。穆鱼偏脑袋躲过去，看到了光头咧开了嘴在笑，一口比碗还白的牙。

他们开始相互晃对方的眼。为了及时躲避远道而来的强光，两个人不断从这里移到那里。穆鱼的活动范围比光头大，所以他觉得自己更开心。他张大嘴嗷嗷地喊，一点声音也发不出来，但他不在乎。很久没有人跟他一块玩了。

2

三个月以前,他开始出疹子。医生说,最好不要见风和阳光。父母就跟学校请了假,把他关在家里,哪儿也不许去。后来疹子出完了,可以出门了,说话莫名其妙地又成了问题。刚开始嗓子有点哑,逐渐说话就变得困难,到了后来,干脆什么声音也发不出来了。到医院看,医生里里外外检查一遍,然后说,他们也不知道哪个环节出了毛病。倒是发现了他下巴底下长出了一个疙瘩,黄豆粒大小,用仪器扫来扫去,没什么可怕的东西藏在里面。可为什么就不能说话了呢?

父母又带他去了另外几家医院,结果大同小异,都没办法,就把他带回家了。整个花街都对这种稀奇古怪的病有了兴趣,谁也说不出个所以然来,但都争着献计献策。一会儿这东西能治,一会儿吃那东西可以试试。他们家是开饭店的,煎药熬东西人手多的是,但折腾了半天还是没效果,穆鱼还是只张嘴不出声,急得父母每天晚上送走了客人,就抱着儿子抹眼泪。后来豆腐店的麻婆拎着二斤豆腐过来,说她小时候在老家时好像听过有这怪病,得病的也是个孩子,九岁,请了跳大神的仙姑给祷告好的。麻婆说,要不也试一下?穆老板两口子大眼看小眼,试试吧,死马当活马医了。

就去几十里外的鹤顶请了个仙奶奶。仙奶奶九十多岁,裹小脚,会跳大神,还会算命看相和用罗盘看阴阳宅,反正和神神道道有关的事都能干。但她轻易不出山,年龄大了,呼神驱鬼的事情太耗精力,折寿。穆老板费了不少口舌才请到。仙奶奶说,要不是听说他的儿子才八岁,用飞机接她也不会来。

当然她是坐船来的。穆鱼一见到她就被吓哭了,只掉眼泪不出声,他从没见过头发那么白、人那么瘦的老太太,就比电视上的骷髅架多一层皮。仙奶奶嘎嘎嘎地笑,说:

"有戏。附身的鬼已经怕我了。"

她伸出一只枯瘦的手放在穆鱼头上,另一只抬起他下巴,"没错,"她说,"就是这个。不能让它落地,一落地孩子就彻底成哑巴了。"

穆鱼觉得她的手冰凉,带了飕飕的冷风。他继续张大嘴哭。

"落地?"穆老板和他老婆盯着儿子的脖子看,没听懂。

仙奶奶不理会穆鱼的眼泪,用长指甲在小疙瘩下面的某个位置上点一下,"这里,"她说,"不能让它走到这个地方。走到就是落了地,孩子这辈子都别想说话了。"穆鱼感觉她指甲尖也是凉的。

"那怎么办?"

"好办，"仙奶奶说，在送过来的椅子上坐下，接过一根正燃的烟插到自己的小烟袋里，"我过会儿作法驱一驱。还有，这孩子三个月不能踩地面。我是说，"她用烟袋指指脚底下和门外，"不能下楼，就待在楼上。"

三个月不下楼，连一楼都不行，穆老板觉得有点过分。你怎么可能让他楼都不下。仙奶奶不管这些，要治病就得按她的来。

"踩了地面，那鬼东西就可能落地，那就等着成哑巴吧。"

穆老板不敢再说什么了。老婆在一边说："只能锁在楼上了。"

的确就是这么做的，他们当天就请李铁匠焊了一扇铁条门。为了给穆鱼提供尽可能大的活动空间，铁门装在一楼地面的前两个台阶上，他可以透过铁门看清一楼饭店里每一个客人，就是脚够不到地面。

作法的时候穆鱼倒不怕了，和电视里演的差不多。仙奶奶散开白发，风吹过来四散飘拂，手里一把木剑，烧香，燃纸，对着半空咕噜咕噜叫，然后一声大喊：

"天灵灵，地灵灵，大鬼小鬼现原形！"

木剑突然插进纸盆里。火灭了。仙奶奶说行了，最多三个月就能开口。

后来父母问穆鱼当时有什么感觉，他摇摇头，什么也没感觉到。他就是觉得仙奶奶的那句话好玩：天灵灵，地灵灵，大鬼小鬼现原形。仙奶奶一身的老骨头都在哆嗦。

3

一个多月了，他一直待在楼上。父母下楼就把铁门锁上，吃饭时叫他，把饭菜从铁条中间递过去。他端上楼，或者直接坐在楼梯上吃，一边吃一边看着来来往往的客人。他喜欢听他们说话，这些从水上经过的人来自四面八方，南腔北调，有的喝大了舌头出口就像鸟叫。有时候他对某件事感兴趣，不由自主就对他们大喊大叫，但是没有人听见。这种时候穆鱼最绝望，往往饭吃到一半再也咽不下去，他不知道为什么他们都听不见，委屈得泪流满面。开始他还踢几脚铁门出气，后来习惯了，放下饭碗就往楼上跑。有时候憋得难受了，就一个人在楼梯上来来回回跑。

没人跟他玩，只能自己跟自己玩。趴在走廊上看花街，或者伏在后窗上看石码头和运河。父母规定，晚上不许看花街，理由是经常有坏人在晚上出入花街。他当然不相信，他们以为他什么都不懂，为此他在心里暗暗笑话他们。他知道那些在夜晚出入花街的陌生男人都是去找女人的，那些在门楼上挂小灯笼的女人打开门迎接他们，把他们带进自己的屋子里，半个小时或者一个小时，也可能更长时间，再把他们送出来，他们就给她钱。他知道他们在干什么。所以，晚上他偷看花街的时候，只看那些门口挂灯笼的院子。院子里的女人他大部分都见过，有本地人，更多的是外地人，坐着船来到石码头，在花街上租一间屋子住下来。她们的生活就是一次次在门楼上挂灯笼，等男人来摘，男人走了她再挂出来。他也知道很多在他家饭店吃饭的跑船人，船老大和那些水手，酒足饭饱了也会去花街摘灯笼。

但是说到底，这些都不好玩，大人的事他其实没兴趣。

现在他发现了光头。他没想到可以用镜子和一个陌生人一起玩。他晃动镜子时高兴坏了，看得出来光头也很高兴。他们就这么照来照去，一个多小时就过去了，他正担心对方可能会厌倦，光头突然收起瓷碗转过身，蹲在船头开始摆弄什么东西。怎么照他都不转身。然后穆鱼看到一个陌生的瘦男人从岸边跳上船，他的右手比画了几下，从船舱里走出来一个女人，衣服耷在一边，露出光裸的右肩。瘦男人对着光头比画几下，又对着女人比画几下，一把将女人推进了船舱，接着他也进去了。船头只剩下蹲着的光头继续蹲着，穆鱼等着他转身，但他一直没转过来。然后，穆鱼看到船晃动起来。

船没完没了地摇荡，光头没完没了地背对他蹲着，太阳晒得穆鱼头发蒙，他终于决定不再等，下楼找水喝。抓着扶手往下走时，他无意中瞥了一眼自家的院子，看到晾衣绳上挂满了从没见过的被褥和衣服，正湿漉漉地往下滴水。谁会把被褥里的棉花都洗了呢。

穆鱼拿着纸和笔来到铁门前，拍打铁门让正在择菜的母亲过来。他在纸上写：

"我要喝水。"

母亲倒了一大杯水递给他，继续择菜。他就坐在楼梯上喝。喝了一半他又拍打铁门，在纸上写了一行字让母亲看。

"谁家的被子和衣服在绳上？"

母亲说："过路人家的，借我们的院子晒晒。"

穆鱼接着又写："被子怎么是湿的？"

"船翻了，被褥和衣服掉进水里，"母亲说，手里还在择菜，"就湿了。还喝吗？"

穆鱼摇摇头，站起来要往楼上跑，跑两个台阶又停下来。他再次写了一行字：

"船上的光头叫什么名字？"

母亲说："哪个光头？哦，你说的是过路那家的小孩？不知道。"然后转身问正在厨房里忙活的丈夫，"你知道那家的小孩叫什么？"

父亲说："哪有空问这个！"

这时候老枪从门外进来，枪杆上挂着四只野鸡。他是花街上的老猎手，多少年了一直靠打猎为生，打到了野物就卖给穆鱼家的饭店。老枪问："哪家小孩？"

母亲说:"过路的那个老罗家的。"

"那就不知道了。听说那家伙打鱼是把好手,一年到头在水上漂。我就奇怪,玩了一辈子水,怎么就把船给弄翻了。"

"谁知道,"父亲拎了杆秤从厨房里出来,让老枪自己称那四只野鸡,"说是昨夜里大风雨,在芦溪翻的船。"

打听不到,穆鱼有点失望,他要了几根好看的野鸡翎就上了楼顶。乌篷船还在,光头不见了。露着右肩的女人坐在船头洗衣服。

4

母亲在楼下叫穆鱼吃午饭。他来到铁门前，母亲递饭时告诉他，那孩子叫九果。九果，他在心里把这名字说了一遍，觉得怪兮兮的。他把菜放到楼梯上，手里端着米饭，一粒一粒地往嘴里送。饭吃得慢一点就可以多看看饭店里的人，每天只在吃饭的时候他才能一下子看到这么多人，他喜欢人多，热闹。认识的不认识的人都进到饭店里。他看到一个瘦高个的男人拎着两条鱼走进来，进门就叫穆老板。

父亲从他看不见的地方走出来，说："老罗，来了。"

"送两条鱼给你尝尝鲜，"老罗说，把鱼举到鼻子前，"我老婆说，要好好感谢你们。"

"老罗客气了，应该的。"穆老板把鱼推过去，"这不是白大雁么？咱们清江浦最好的鱼。这可不能要，你拿回去，让孩子尝尝。这东西难得一见。"

"所以送给穆老板，一点心意，一定收下。你不收，我回去没法跟老婆交代。"

推让了半天,穆鱼看到父亲还是收下了。父亲拎着鱼对母亲说:"拿去收拾一下,我和老罗喝两盅。"然后找了张桌子坐下来,很快有人送来茶水和烟。他们等着酒菜,弹着烟灰聊起来。

老罗说:"这地方不错。"

"那就多住些日子,"穆老板说。

"我这四海为家的人,在哪儿都一样,有口饭吃就是家。对了,我听说你们这儿都认这种白大雁。穆老板你们需不需要?"

"当然需要。"穆老板替他点上一根烟,"有多少要多少。这东西肉嫩,听来往的客人说,就我们清江浦有,他们都爱吃,只是难抓。"

"这个好办,"老罗一下子把眉眼舒展开了,"没有我抓不到的鱼,只要有。这么说,我们一家就可以在石码头上待下去了?"

"没问题。"穆老板说。酒和小菜上来了,他给老罗倒满,两人碰一下。"我正愁那些好这东西的客人没法打发呢。就这么定了。我高价收。"

穆鱼和他们一样高兴,那个叫九果的光头就会一直待在石码头上了。他三两口扒完饭菜,拍打着铁门,没等母亲过来收拾碗筷就上楼了。他在楼上看见九果背对这边蹲在船头,看不清在干什么。他从口袋里掏出小镜子,找到太阳,一根光柱打到九果身上。可惜九果没在意，甩甩手钻进了船舱。穆鱼就对着舱口照，那个露肩头的女人走出来，光照到她的光肩膀上。她看见了光，把衣服又往下拽了拽，露出的肩膀更多了。然后她对阳光来的方向眯起眼睛笑，牙也很白。穆鱼赶紧收起镜子趴下，只露出两只眼偷偷地看。那女人对着他的方向歪头笑了很久，直到九果出来把她推到船舱里。

九果又在船头蹲下，这次是面对着他。穆鱼犹豫半天，重新把镜子拿出来。第一个光圈落在九果左脚边，九果没理会。穆鱼又把光打到他右脚上，九果还是没动静。穆鱼胆子渐渐大了，把光打到他脸上。他看到九果用左手揉了揉眼，右手抬起来转动一下，穆鱼立刻觉得一道冰凉的白光刺过来，赶紧把脑袋移开，发现那是一把形状怪异的刀。

刀长二十厘米左右，头是尖的。有分别折到一边的两翼，刀翼的边缘呈锯齿状，中间是一道凹槽。九果用它灵巧地杀鱼和刮鳞。九果的刀银白，粘着细碎的鱼鳞，鳞也在发光。那把刀的光亮远胜过一只白瓷碗。穆鱼觉得身上一凉，打了个寒战。他看见九果对他笑了，向他扬扬手里的杀鱼刀。

5

夜晚的花街含混又暧昧。倒洗脚水时经过走廊，穆鱼停下来，看那些灯笼一盏盏挂起来。此刻花街声息全无，淹没在夜里，就像淹没在满天地的月光和槐树花香里。有几个男人低头走在花街的青石板路上，忽快忽慢，走走停停，突然就摘下了某个灯笼开始敲门。他们的敲门声也很轻，其他院子里的人听不见。

母亲出现在另一个房间的门口，说："几点了，还不睡！"

穆鱼嘟着嘴怏怏地回到自己屋。躺到床上时他又想到了九果的那把刀。亮。其实挺好看，他想，头一歪睡着了。

一觉醒来，太阳老高。穆鱼跳下床就找小镜子，趿拉着鞋往楼顶跑。母亲在摊放鱼干。"跑什么，赶死啊！"她说。穆鱼没理她，找到太阳的位置，拿出小镜子就要照，发现石码头上的乌篷船不见了。他转着脑袋找，像投降一样举着镜子。然后慢慢蹲了下来。

"一大早你跑楼顶上发什么呆?"母亲说,见儿子没动,又说,"说你呢,刷牙洗脸去!"

穆鱼看着母亲,眼泪出来了。夜里他梦见和九果用镜子和刀说话。九果在刀上写了一行字照过来:你叫什么名字?穆鱼就在镜子上写:我叫穆鱼。你真叫九果吗?照过去。很快九果在刀上说:是啊,就九果。他还听到九果像鸭子一样的笑声。九果又说,他以后就在这里,哪儿也不去了。穆鱼又听到自己的笑声。

"你怎么哭了,儿子?"母亲放下鱼干,满手鱼腥味要给他擦眼泪,穆鱼躲开了,找到一块石子在楼板上写:

"九果呢?他们家的船不见了。"

母亲明白了,说:"打鱼去了吧,没走呢。你看他妈还在石码头上。"

顺着母亲手指的方向,穆鱼看到那个女人倚着一棵槐树坐在石码头上,正往嘴里塞槐花。他难为情地抹掉眼泪,下楼洗漱了。

吃过饭他又来到楼顶。那女人依然歪着身子靠在槐树上,两腿张开,双手耷拉在身边。穆鱼拿不定她是否睡着了,就用镜子照她。光在她的头发里走动,到了脸上,穆鱼看到她用手抓了抓脸,胳膊又垂下来。她睡着了,一只鞋掉在脚边。从石码头上经过的人偶尔停下来看她,又走了。围在那里长久不散的是花街上的孩子,都比穆鱼小。一个男孩往她身上扔石子,完了跳到一边笑。穆鱼觉得这小家伙讨厌，用镜子照他。男孩被一道扑面而来的强光吓坏了，赶紧逃跑。其他孩子也跟着跑。

过了一会儿，裁缝店林婆婆的孙女秀琅又小心地回来了。她离那女人两步远的地方停下，从口袋里掏出一个东西扔到女人的脚边。女人没动静。她又扔了一次，落到女人腿上，她醒了。秀琅赶快跑，在远处看她。那女人见到花纸包裹的东西很高兴，一把抓住抱在怀里，然后对着秀琅眯起眼睛笑。秀琅羞涩地跑开了。

穆鱼在楼顶坐下来，等着她把糖塞到嘴里。五月里的阳光浩瀚无边，漫长的时间过去了，那女人只翻来覆去地看那两颗糖，就是不吃，弄得穆鱼也没耐心了。

一直到太阳落尽九果才回来。老罗坐在船头抽烟，九果在船尾摇橹。穆鱼对着西天的红霞晃动小镜子，没有光，失望地把它装进了口袋。在槐树底下坐了几乎一天的女人迅速站起来，船还没停稳她就跳上去，老罗差点从马扎上掉下来。女人来到船尾，手在九果面前张开，是那两颗包着花纸的糖。

6

　　第二天船没动,第三天九果又没了。隔一天捕一次鱼,有这个规律穆鱼心里就有数了,不再一天几十次地往楼顶跑。正常情况下,他只在九果在家的时候急着上楼顶,其余时间只能看心情。他们对镜子和刀的游戏已经十分娴熟和随意了,可以用来捉迷藏,也可以用来打仗。前者的做法是,一个人藏,另一个用镜子或刀找,光照到身上就算找到。后者则需要另一只手帮忙,当捂住镜子和刀的那只手突然撤掉时,光就射出来,中弹的人就要装出受伤倒地状,不停地遮和放,子弹就不停地射出来。当然,穆鱼也演练过梦境,在镜子上写字。开始因为镜子小,字更小,照到九果那里大约什么都没了。后来让父母买了一面大镜子,他用毛笔在上面写字,九果一定是看见了,但他一个劲儿地摇头。穆鱼一直弄不明白他为什么总摇头,后来终于想起来,九果可能不认识字。他就不再这么玩了,顶多在镜子上画点好玩的图案送过去,但绘画的过程太过漫长,九果根本等不了。

　　九果一直用他的杀鱼刀，随身携带，以便在走路的时候都能和穆鱼打招呼。在石码头时间久了，他对整个花街差不多也熟了，一个人常到青石板路上玩，正走着他会突然停下来，找准太阳的位置，一道强光就送到了穆鱼那儿。因为不断地被阳光清洗，穆鱼觉得九果的刀越来越亮，光也越来越凉，落到皮肤上如同清凉的刀刃。

　　有一天他和站在花街头上的九果相互照，九果突然收起了刀，转身往石码头上走。穆鱼觉得奇怪，九果突然连招呼都不打就收家伙。然后他看到老罗走在花街的青石板路上，他一下子又高兴起来，九果拿着刀的时候挺威猛，一看见老爸就不行了。老罗走得快，甩开两只长胳膊，等穆鱼转到楼顶的那一边时，老罗基本上已经追上九果了。九果开始跑，跳上了船，刚进船舱，老罗也跳上了船，接着穆鱼看到九果被老罗扔到了甲板上，九果还没爬起来，又一个人被扔出来，是露半个肩膀的女人。然后老罗出来了，捋起袖子一把拽住女人的上衣，上衣被撕坏了一个角，露出白色的肚皮，老罗的巴掌跟着就上了女人的脸。

　　老罗在打自己的老婆。一耳光一耳光地抽，偶尔也用上脚。穆鱼听到了那女人的号叫。九果坐在甲板上手脚并用地往后退，根本不敢上前，更别说劝架。他不停地往后退，退过了头，倒头栽进了水里。有人站在石码头上看，但一个跳上船的都没有，穆鱼跑下楼顶，先去自己屋里拿纸笔，接着跑到铁门前,拍着门告诉父母:九果爸妈打架了!

穆老板跳上船拉开了老罗。重新回到楼顶上穆鱼看到,那女人已经披头散发,浑身上下已经没有一片完整的衣服,风吹过来,白色的身体一点一点露出来。爬上船的九果湿淋淋地站在甲板上的一角,像个可怜虫。他不喜欢可怜虫。

因为这个,穆鱼好多天没理九果。每次九果把刀子的光在他窗前和门前晃来晃去,他都装作没看见。当然很快他又恢复了镜子与刀的对话,他实在太无聊了,除了九果,找不到别的人玩。而且,照来照去他其乐无穷。

7

午饭时穆鱼坐在铁门前吃午饭。斜对面的桌子上坐着父亲和老罗。他们常在一起喝酒，准确地说，父亲经常请老罗喝酒。他提供的花大雁如此之多，来往的客人都喜欢，最关键的是，老罗要价不高。穆老板对他的捕鱼能力惊叹不已。过去他曾向花街上所有吃水上饭的人收购花大雁，也就是寥寥几条，没下锅就被客人预订完了。老罗能喝，水上人差不多都这样，能喝能睡。老罗喝完酒脸色不变，跟没喝一样，出门的时候看起来比进饭店时还清醒。穆鱼那顿饭直吃到老罗离开饭店，他也放下碗筷去楼上了。

通常母亲都让他睡午觉，哪里睡得着，他觉得这几个月睡的觉多得一辈子都用不完。他爬到楼顶，看到老罗正往花街上走，大中午的阳光白花花地落到他身上，影子在脚底下像个侏儒。他拿镜子去照老罗后背，只敢照照后背。老罗没感觉，继续走，偶尔回下头，又走，穆鱼看见他推开了丹凤的大门。

花街上都说丹凤是扬州人,三年前顺流而下来到石码头。第一次听她说话,穆鱼没听懂,像鸟叫,不过很快就懂了,现在丹凤的当地话比花街人还溜。老罗穿过院子进了堂屋,因为被一棵小槐树挡着,穆鱼觉得老罗是一闪一闪进去的。老罗进了丹凤家,穆鱼觉得应该把这事告诉九果,可是,没灯笼啊,大白天的。

船停在河边的树荫下,九果躺在船头睡午觉。蜷得像只大虾。那女人歪着头倚在船舱上,肩膀露在外面,两腿叉开,应该也睡着了。穆鱼小心地把光照到九果脸上,一动一动地闪。九果没醒,那女人倒醒了,斜着脸往这边看,又笑了。她拍了拍九果,穆鱼及时地又把光送过去。九果坐起来,半天才从屁股后头摸出杀鱼刀。树荫下没有阳光。穆鱼把光圈落到九果的脚前,然后移到船边,停在那里。九果疑惑地看看穆鱼,又看看光圈。穆鱼急坏了,又喊不出声,不得不再重复一遍,这一次他特意照了照九果的脚。九果好像明白了,站起来去踩光圈,光圈一下子跑到前面,他再踩,光圈又跳开。那女人张开嘴笑,拍起了手,也站起来要去踩,被九果阻止了。他跟着光圈踩,上了岸。然后到了饭店旁边的路口。穆鱼赶快跑到楼顶靠路的那边,继续用镜子引导九果。九果跟着光圈走在花街上,逐渐没了兴致,他弄不懂穆鱼如此乏味的镜子到底想干什么。快到丹凤门楼下时,九果终于忍受不了,一转身往回走,刀拿在手里,一道耀眼的白光刺激得穆鱼眼晕,他一屁股坐下来,满头的汗,功败垂成。

他希望此刻老罗能出现在花街上，可是丹凤的院子里只有那棵槐树在动。他的光圈再也留不住九果，他边走边转动杀鱼刀，一道道动荡不安的白光闪过穆鱼的眼。然后九果跳上了船，背对穆鱼躺下了。穆鱼突然觉得没意思，没理会那女人对他的笑，镜子别到身后下了楼。

他在走廊里守了大约一个小时，盯着丹凤的院子都快睡过去了，老罗才从槐树底下走出来。丹凤把他送到大门前，被摸了一把脸才把门关上。穆鱼发现老罗腰有点弓，走路像喝醉了酒，他一路小跑上了楼顶。老罗的腰在上船之前突然就挺直了，他踏上船，九果和那女人几乎同时跳起来。老罗一探胳膊，九果又倒在船头，那女人转身想钻进船舱，被老罗一把揪住，拳头跟着就过来了。穆鱼听到女人的叫声，在安静的午后听起来虚幻缥缈。石码头空空荡荡，九果避到了船角，这次他没掉下水。老罗像上次一样，痛快地揍了一顿老婆。

穆鱼又用镜子引导过两次，九果终于开窍了。他不知道穆鱼的具体用意何在，但明白一定大有名堂，至少也会是一件好玩的事。有一天下午他被穆鱼从船头引到花街，一边跟着光圈走，一边用刀去晃穆鱼的眼。然后他发现，光圈在一个门楼前停下了，不再往前走。他看了看那个门楼，几乎和周围其他门楼没有区别。门关着，一点里面的动静都听不到。他用刀不停地往穆鱼身上照，穆鱼却坚持对着那门楼照。九果不明白，他甚至从门缝往里看，猜测是否有好玩的东西可以顺手带走。但他看到一个光着胳膊的女人在院子里，背对着大门，女人弯下腰来的时候露出后腰上一圈丰腴的白肉。像在洗衣服，又像在择豆角。九果对这些都没兴趣。

真正让九果明白的，是老罗。他爸走进花街时，他正在跟着穆鱼的镜子往前走，忽然发现光圈没了，他转身去找，看见老罗闷着头往这边走。九果藏起杀鱼刀，贴着墙根低头站着。穆鱼听不见他们父子俩的声音，只看见老罗指点一番，九果就灰溜溜地回了石码头。老罗看见他从花街上消失之后才往前走。

九果的刀对着穆鱼闪一下，他像只猫躲在饭店的墙角，脑袋伸向花街。老罗在某个门楼下停下，一侧身不见了。穆鱼的光圈重新出现在他脚前，一点点向花街移动。九果跟着，接近那个门楼时，他突然转身往回跑，快得穆鱼的镜子都跟不上他。穆鱼看到黑得像泥鳅的九果发疯似的跑向石码头，他没跳上自己的船，也没理会正在船头洗衣服的母亲，九果一个猛子扎进了运河里。

穆鱼在楼顶上坐下来，仔细盯着水面，他想在九果钻出水面的时候就把光打到他身上。可是九果迟迟不露头，应该是很久了，他已经等得心发慌头冒汗。连露肩膀的女人也等不了了，跳下了水。她在水中游了好一会儿，前面不远处露出九果的脑袋。他还活着，向母亲游过去。穆鱼的光圈出现在水面上时，九果已经抱住了母亲的胳膊。

8

老罗隔三岔五去一次丹凤那里，穆鱼看在眼里。他觉得自己是花街上最闲的人。九果出了问题，他看得出来，镜子和刀对话常常接不上头。九果心不在焉，经常握着刀半天不动，根本不管他躲到了什么地方。九果去花街也不再需要跟着他的镜子，而是跟着老罗，当老罗消失在丹凤的门楼前，九果就在花街尽头出现了。他谨慎地走在青石板路上，顾不上用刀来回答楼上的镜子。但他每次都走不到丹凤的门前就回来了，回来往往是一路狂奔，有时候一边跑一边用刀子划墙，有青苔的地方冲破青苔，没青苔的地方在石头上擦出火光。回到船上，在母亲对面坐下，一直坐到老罗轻飘飘地从花街上回来。老罗打老婆时他依然坐着，不再躲到一边，有一回甚至突然在老罗面前站了起来，尽管刚及脖子，老罗还是愣了一下，然后是对老婆更猛烈的拳头和耳光。九果就那么站着不动，直到老罗打累了停下来。

那天午饭后穆鱼听收音机,好听的歌把他迷糊过去,竟一觉睡到下午三点。他起来就往楼顶跑,果然看见九果在他们家楼下转来转去,杀鱼刀漫无目的地泛着光。他把光圈送到九果脚前,九果抬起了头。

"看见他了?"九果问他。

这是他第一次听到九果说话,还以为他是哑巴呢。他摇摇头,他知道"他"是谁。

"去,那,那家了么?"九果又问。

他又摇摇头。

"没去?"

他还是摇摇头。

九果被弄糊涂了,有点着急:"你哑巴啊?说话呀!"

他不动了。

"那你下来,下来啊。"九果向他招手,"我有事问你。"

他还是不动。

"你瘸了是不是!"九果生气了,"下来!"

杀鱼刀晃了他的眼,他觉得眼泪一下子就出来了。他都快忘了说话和下楼这回事了。他突然委屈极了,狠狠地看了一眼九果,对着他大喊一声:"我再也不理你了!"可是什么声音都没有,眼泪倒更多了。他一扭身往回走,下楼的时候对自己说,不跟他玩了,这辈子都不跟他玩了!回到了自己的房间。

随后几天,他不再去楼顶,看到九果不断地将刀子的光照到门和窗户上他也不出去。九果叫他也不理，他听见九果在外面过一会儿冒出来一声，喂，喂。甚至有天晚上九果也在楼下喂喂。再喂也不跟你玩。

那晚后，九果的声音没了，门和窗户上也不再出现刀光。穆鱼在屋里开始不踏实，心里空落落的。他在房间里走来走去，觉得身上出汗时发现自己竟然已经上了楼顶，而且拿着镜子。他决定妥协了，往石码头那边找，乌篷船还在，露肩的女人坐在船头上发呆，没有九果。他转身往花街方向看，午后的石板路上铺满阳光，一个人没有，他下意识地瞟了一眼丹凤的院子，吓一跳，九果像只猫趴在墙头上，躬着背，他也看见了穆鱼，他对穆鱼远远地咧开嘴，一口白牙，然后手中一晃，白光在刀面上炸开来。穆鱼觉得自己如同突然活了过来，充满了不可名状的兴奋，他在楼顶跺起了脚，挥舞着两只胳膊，镜子里的光漫天飞舞，光消失在光里。

九果一侧身落到了墙下。

穆鱼把胳膊和脚停下来，对着丹凤的院子发愣。槐树花最繁盛的时期已经过去，空气中残余着香甜，细处有种颓败和忧伤的味道，因而也更浓更酽。他想起今年就没正经地吃过几串槐花，过去他总要吃很多，爬到树上，坐在枝杈间放开肚皮吃。一晃槐树花都开完了。他不知道九果到丹凤的院子里干什么。

时间很短，短得他想都没想清楚九果可能会干什么，九果就重新出现在墙头上。这一回九果没有让他看见自己的白牙。

他只是看见九果在太阳底下扬了一下手中的东西，发出的分明是红光，鲜红艳丽，如同过年时漂亮的红焰火。穆鱼觉得头脑转得缓慢，他想不出来那焰火一样红的东西是什么。

九果已经过了墙，跳到了花街上，像过去一样向石码头狂奔。那一闪一闪的红。

然后穆鱼听到一个女人的叫声，有点远，丹凤光着身子在小槐树下又蹦又跳，忙得两只手不知道往哪里放。丹凤白得也晃眼。她叫了一会儿就停住了，因为周围有了动静。午睡的花街被惊醒，一扇扇门被打开，很多人穿着拖鞋往外跑。穆鱼看见那些穿着短裤、汗衫和拖鞋的邻居像一群花大雁游向丹凤的门楼。丹凤跑回了屋，当人们冲进她的院子，她已经用一条大床单把自己裹起来了。跟她一起走出屋的是老罗，披一件衬衫，抱着肚子，从手开始一直到脚，都是红的，他不断地弯腰，弯腰，如同一只掉进热锅里的大虾，头和脚的距离越来越近。

穆鱼听到人声乱起来，他突然想到九果，跑到楼顶的另一边，石码头上一个人影没有。乌篷船在走，他看到露肩的女人站在船上正对着石码头挥手，摇船的是九果。九果摇船像跑步，低头弓腰。

他迅速跑下楼，母亲刚打开铁门，端着一托盘的水果要往上走。他冲下去，撞掉托盘，水果顺着楼梯往下滚，穿过铁门时他听到母亲绝望地惊叫一声，已经来不及了，他踏上了一楼的地面。地面让他感觉陌生，出门被一个台阶绊倒了，一头抢到地上，啃了一嘴的泥。他一边跑一边咳嗽，跑到码头边上，乌篷船已经走远了。他觉得嘴里的泥怎么也咳嗽不净，一低头吐了出来。吐了第一口接着吐第二口，先吐午饭再吐早饭，再也没东西可吐了，他直起腰，觉得身体一下子轻了。母亲在身后把他抱离了地面，他挣扎，用尽力气对着午后的运河水喊：

"九果！"

他听见了自己的声音，然后摔到了地上。母亲惊得松开了手，她的嘴巴和眼睛同时变大："你说什么？"

"九果！"他再次发出了声音。他看见九果转过了身，把手举到半空。

他一定听见了他在喊他。

伞兵与卖油郎

1

天很好，万里无云。范小兵背对着我们，酝酿了很久，终于从胳肢窝里拿出了那个东西，对着太阳举在我们头顶。那个东西在刺伤人眼的阳光里，只是一个不规则的黑影子。我们踮起脚尖想换个角度看，范小兵把那个东西又举高了一点，侧一侧手，一道耀眼的红光掠过我们眼前。这下看清了，一个五角星。我们立刻委顿下来，感到了夏日午后的酷热。

"我还以为什么宝贝！"刘田田说。为了表示气愤，她把我口袋里的知了抢过去，掐了一把，带着一路蝉声跑到了树荫底下。

我也很失望。一大早范小兵就放出话，要让我们见识见识，见识什么他不肯说。我们只好等，看着他把那个"见识"夹在胳肢窝里走来走去，我们更着急。他喜欢把他认为的好东西夹在胳肢窝里。我们一直相信他的胳肢窝，那个地方通常都不会让我们失望。可是现在，他拿出了一个带着汗水的红五星。我一扭头也跑到了树荫底下。

范小兵不着急,矜持地走到槐树下。他又把那个红五星放到我的鼻眼之间,我闻到了一股汗臭味。"猜猜,"他说,"哪来的?"

我懒得猜,"我有十八个,还不止。"

"天上掉下来的,"他把红五星在短裤上仔细地擦了擦,吹口气,"伞兵的,昨天从天上掉下来的。伞兵。"

"伞兵?"

"伞兵。"

我拿过红五星,翻来覆去地看。它跟刚才好像有点不一样了。不一样在哪里我说不上来。这样的红五星我有十八个还不止,可是没有一个是从天上掉下来的。伞兵,这是那个夏天我听到的唯一一个新词。"伞兵是什么兵?"

范小兵没理我,只是仰脸看天,"我要当伞兵。"

范小兵说他看到伞兵的第一眼时,就决定要当伞兵了。昨天下午,他从夏河的姑妈家回来,穿过野地时看到一架飞机经过头顶,慢得几乎要掉下来。他正担心,忽然看到飞机里掉下来一个东西,又掉下来一个东西,一连掉下来五个。往下掉的过程中他看到其实是五个人,他们飞速地往下坠,像五颗巨大的冰雹。然后他们身后弹出一个更巨大的尾巴,像松鼠一样翘到了头顶,紧接着他看到那些尾巴是一顶顶大伞,他们慢下来,如同滑翔的鸟向远方飞去。范小兵想起父亲跟他讲过的故事,他的头脑里一下子就冒出了两个字:伞兵。他跟我们就这么说的，一下子就冒出了两个字，像气泡一样。他当时就两腿发抖，不跟着他们跑不足以平息自己的激动。他边跑边叫，伞兵，伞兵！姑妈让他带回家的一篮子黄瓜都扔了。

他跟着降落伞跑，跌跌撞撞地经过田地和沟坎，摔了三跤。他说他还看见一个伞兵对他挥过手。但是他不得不在乌龙河前停下来，眼看着五把大伞越飘越远。他把嗓子都喊哑了他们也不会回来。直到再也看不见他们，范小兵才悲伤地往回走，两腿软软的。返回的路上发现了那枚红五星，范小兵再一次激动得两腿哆嗦。那枚五角星一半埋在土里，但他坚定地认为，毫无疑问它是某个伞兵的，它从天上掉下来。

范小兵还说，昨天夜里他梦见自己变成了一只大鸟，头顶上戴一颗闪闪发光的红五星。"我不当别的兵了，"他举着那颗红五星对我们说，"我要当伞兵。"

2

在知道有伞兵之前,我和范小兵只知道以后要当兵。我们所有男孩子都想当兵,当什么兵没想过,也没法去想,我们不知道兵还要分很多种。我们的理想是成为英勇的解放军战士,戴军帽,穿军装,头上一颗红五星闪闪发光。我们喜欢所有和解放军有关的东西,为此整天缠着父母,希望能给我们做一身军装,买一条宽大的八一皮带,一双崭新的解放鞋。但结果相当不好,父母说,哪来的钱做新衣服?酱油都吃不上了。他们都这么说。

我们的愿望从来没有完全实现过,我们一伙人,除了穿了好几年的解放鞋,要么是只有一件上衣,要么是只有一顶军帽,或者是一条八一皮带,没有一个人能够把自己全副武装起来。像我,除了一双解放鞋,只有叔叔淘汰给我的一条八一皮带,此外还有十八颗红五星。九颗是我从亲戚家的抽屉里搜出来的,九颗是从别人那里挣来的。我把皮带借给他们勒上两天，代价就是一颗红五星。当然我也送给别人几颗，那是因为我也想借别人的衣服穿两天。所以我说我有十八颗还不止。

范小兵不一样，他家不用打酱油，他家就是做酱油的。海陵人都知道，老范家的酱油那才叫真好。好在哪儿我不知道，他家有钱我是知道的，大家都知道。老范有钱呢，只进不出，镇上每年还给他钱，逢年过节都要敲锣打鼓地送一大堆好东西给他。老范是退伍的战斗英雄，从前线回家的时候，胸前挂了好几枚奖章，一个大巴掌都捂不过来。但是范小兵比我们还惨，老范不仅不给他做军装买军帽，连解放鞋都不给他买。老范说：

"当兵，当兵，当什么兵！好好看书。上不好学就回来卖酱油！"

范小兵说："我不卖酱油，我要当兵。"

老范抓起酱油端子就要打："狗日的，还嘴硬！"

范小兵拉着我撒腿就跑。他要把从老范口袋里偷到的两毛钱藏到我家。我们都不懂老范为什么会这样，他是战斗英雄，在我们海陵，从炮弹里活着回来的就他一个。

"我长大了一定要当兵。"范小兵藏在我家的后屋里数钱，加上刚偷到的两毛，他已经是十二块九毛钱的主人了。十二块九毛，多么大的一笔钱啊，看得我口水直流。照他说的，只要攒到二十块就可以把别人的军装、皮带、解放鞋都买过来了。也就是说，现在除了没穿裤子，范小兵基本上已经像个军人了。我看着他把十二块九毛钱锁进他的小箱子里，无限神往一个没有穿裤子的范小兵。那箱子是我借给他用的,之前一直盛放我的宝贝,很普通,现在不一样了,在我看来它已经变成了聚宝箱。他把箱子锁好,亲自放到我家的柜子上头。

"我要当兵,当伞兵。"

3

伞兵到底是个什么东西，我和刘田田一直都没想明白。范小兵说，记不记得，前年有场电影里放过的，一群解放军绑在伞底下飞。我和刘田田都不记得了，可能碰巧那场电影我们俩都没看。可是没看我们当时干什么去了？露天电影，全村的人都集中在中心路上，我们去哪儿了？范小兵支支吾吾地说，五月，那晚刮大风，银幕差点吹跑了。刘田田脱口而出，想起来了，那晚你妈又跑了！说完她立马意识到犯错误了，捂上嘴躲到我身后。

我也想起来了。那是范小兵他妈第三次离开家，也是最后一次，此后再也没有回来过，老范也没再去找过。

那晚上我和母亲搬着板凳去中心路，经过范小兵家，闻到一股浓烈的酱油味。他们家的门大敞着，门口围着一堆人。我挤过去，发现老范坐在屋子里的泥地上，屁股底下全是酱油。一只酱油桶倒了，流了一地。几个人上去劝他，想把他扶起来，老范就是不起，他像瘫痪了一样低头摸着地上的酱油。范小兵的堂叔从门后抓起一根扁担，问老范：

"追还是不追？你一句话。看我不把她腿给砸断了！"

所有人都看老范。老范摇摇头，突然拍着地大声喊："出去！都给我出去！"听他的声音一定是哭了。他拍起的酱油溅了别人一身。范小兵的堂叔和一伙人失落地出来了，顺手带上了门。他们在门外议论了一番，范小兵的堂叔说："我做主了，追！"几个人就跟着他往北走。后面跟了一大趟看热闹的。我和母亲也在里面。那时候电影已经开始，但因为已经起了风，把声音都刮到别处去了。听不见，我就把电影的事给忘了。

我已经猜到是追范小兵他妈，问母亲，她不愿说，让我不要多嘴。正好碰到刘田田，她也搬着小板凳跟着，我就问她。刘田田说："除了她还能有谁？看见范小兵了吗？"

"没有，"我说，"可能看电影了。"

范小兵不知道他妈今晚要跑。从第二次逃跑被抓回来，她被锁在家里已经一个半月了。年前她跟辛庄卖豆油的大胡子好上，就把酱油桶扔掉跟人家私奔了。大胡子五十多岁，老婆五年前死了，家里榨豆油卖，赶集的时候都跟范小兵他妈的酱油摊子摆在一起，收市回家时，也顺便帮她把独轮车放到他的小驴车上带回到他们村口。范小兵家没有驴，只有一头黄牛，没有女人赶着牛车去卖酱油的，所以只能推独轮车去。他们常年在一起卖油，一来二去就搞上了，然后范小兵他妈就挺不住了，撂了油桶就想往大胡子家跑。我见过大胡子，他的胡子真好，油汪汪的又黑又长，像电影里的包公，笑起来声音也响亮，像热油下锅。

开头那次私奔，被老范抓回来了，打一顿，关两天就算了，没想到几个月后又跑了，不是从家里跑，而是赶集卖酱油就没回来。三天后，老范的堂弟带着一帮人冲到辛庄，果然从大胡子的床上把范小兵他妈给拎回来了。老范一气就把她锁在屋里，关了一个半月。这一个半月范小兵他妈表现很好，老范就不忍心再锁，趁着村里放电影，就把她放出来看个热闹，也算是补偿。谁知道老范从外面转一圈回来，发现老婆又没了，柜子里的衣服也不见了，还弄倒了一桶酱油。老范围着一地的酱油转了转，腿一软，一屁股坐在了里面。

范小兵他妈那天晚上当然没有追回来，出了村庄就是一大片野地，到哪里去找。以后老范也没再找过，他不想再找了。现在除了儿子和酱油，老范什么都不关心。那晚我们从野地里回来，继续看电影，但是很显然，我和刘田田已经错过了那个降落伞从天而降的场面。

4

范小兵的脸色先是不好看,接着又好看了。他把手从胳肢窝里抽出来,说:"我要让你们见识见识什么是伞兵!"

他拿树枝在地上画了一幅画,一个大伞下吊着一个人。很难看,我们还是看懂了。不过我们还是不明白他们是怎么从天上掉下来的。

"不是掉下来,是飘下来。"范小兵都有点急了,他做着飞翔的姿势从一堵断墙上跳下来,摔了个狗啃屎。爬起来又要上墙,我和刘田田制止了。不能让他再摔了。范小兵只好用手当翅膀,一路滑翔,"这样,就这样。"

我们说:"嗯,懂了,懂了。"

范小兵知道我们其实并不明白,也就不放过一切机会向我们解释。尤其是天上经过飞机的时候。整个夏天我们都在五斗渠外放牛,我,范小兵和刘田田。野地里没有遮拦,天大地大,总是范小兵最先看见飞机。"快,快!飞机来了!"他把牛扔在一边，跟着飞机就跑。我也跟着跑，希望能交上个好运，和范小兵一样看见伞兵落下来。刘田田跑得太慢，只好留下来看牛吃草。

一次好运都没交到。夏天过了一半，我绝望了。范小兵把没有伞兵落下来当成他的错，更加卖力地向我表演他的伞兵降落过程，看得我越来越糊涂。在范小兵也即将绝望的时候，一架飞机总算撒下了传单。

开始是几张，飘飘扬扬，我们跟着跑，踩坏了不少庄稼。范小兵一边跑一边叫，总算捞回了一点面子。"看，就这样，伞兵，就这样。"但飞机越飞越远，传单突然多起来，一点伞兵的样子都没有了，我只看到大雪花在落。我停下来，范小兵继续跟着跑，大半个钟头才回来，手里一沓纸。他把传单折腾来折腾去，不知怎么就成了一把纸伞的模样，然后拍了一下大腿，说：

"我知道了！我知道了！"

刘田田问我："他知道什么了？"

我说："不知道。"

第二天放牛，范小兵带了一把雨伞过来，还从别人那里借来了一顶军帽。我们更看不懂了，大热太阳的你带什么帽子和雨伞。

范小兵说："让你们见识见识。"

为此他建议我们去集中坟里放牛。集中坟是村庄北边坟地的名字，在乌龙河南岸，一大片坟堆，隔三岔五长几棵老松和柳。集中坟里草深，而且嫩，但我们很少去。坟地周围的河沟里经常会有死婴被扔在那儿，刘田田害怕。那天我们还是去了，因为范小兵坚持要让我们"见识见识"。

我们把缰绳缠在牛角上，让它们在坟地里随意吃草。范小兵戴上军帽，找了一个高大的坟堆，爬上去撑开伞，腰杆挺直得像一棵树。他要跳了。这姿势让我和刘田田多少有些激动，范小兵要当伞兵了。范小兵啊地叫了一声，声音还没落，人就到地上了。刘田田忍不住笑了，我也笑了，我们根本没发现他的伞作用在哪里。范小兵脸都红了，抱怨坟堆太矮，要找个高的。找了半天都是矮的。然后看到了一棵老柳树，高高地伸着一只老胳膊。范小兵说，就它了。他爬到树上，找到合适的位置站好，撑开伞，他的腿激动得直抖，但我们从树底下仰着头看他，还是觉得头顶上站的就像是狼牙山五壮士。范小兵发出了猫头鹰似的叫声，呼啸而下，我们看见他抓着伞像伞兵一样平滑地飞翔了一段距离，落地的时候没站稳，坐到了一个坟头窝里。

范小兵成伞兵了。我羡慕不已，跑上去问他降落的过程中有什么感觉。范小兵喘着粗气说："有点晕。"

晕过了他又爬起来，继续跳。我想他是找到伞兵的感觉了，尽管我还不知道做伞兵是什么感觉。刘田田却说，他是上瘾了，不就飞么，还能飞过鸟啊？我当然不同意她的说法，鸟是鸟飞，人是人飞。但是，说实话，她的话让我心里稍稍平衡了一点，我也想当伞兵了，可是我不敢跳，有点高。我们都把牛给忘了，范小兵一遍一遍地跳，我和刘田田躺在坟堆上看。

跳到第九次时出事了。范小兵觉得跳得越来越熟练了，想玩点花的，在降落的过程中转上几圈。他说他看到伞兵从天上下来的时候就转了好多圈。为了能多转几圈，范小兵改成背对我们跳，在跳下来的一瞬间就开始转第一圈。他做到了，应该说第一圈转得相当不错，错在第二圈，还没转完就落下来了，一头撞到石碑上。我们听到他叫了一声，又叫了一声，就倒在了地上。我和刘田田跑过去，看到范小兵一手抓着伞，一手捂着嘴哼唧。

刘田田叫着："哎呀，你嘴出血了！"

范小兵疼得眉眼皱到了一块，对地上吐了一口，全是血。我觉得那血不对头，揪了一根草叶拨了拨，找到半颗牙。我对范小兵说："把嘴张开。"范小兵艰难地张开嘴，露出破裂的嘴唇和带血的牙齿，两颗大门牙只剩下一颗半。他啃到了石碑。

5

豁嘴唇和断牙没能阻止范小兵当伞兵的热情，倒是老范阻止了几天。他带儿子去医院的路上就决定，不能让这小子再闹下去了。他决定把范小兵看在身边。在学校里他管不着，回了家就他说了算。他逼着范小兵跟他学做酱油，老范一直都说，范家的酱油是祖传的，后继不能无人；出门卖酱油也把范小兵带上，算算账收收钱，总比让他一天到晚乱跑强。两个星期以后，范小兵又自由了，老范发现整天把儿子拴在裤腰带上，牛没人放了。现在牛正是吃青草的时候，两天闻不到青草味头就耷下来。老范只好狠狠地教训了范小兵一顿，又让他去放牛。

卖酱油范小兵也没闲着，他从钱袋里前前后后摸了四块三毛钱。他把钱藏到我家的时候，脸上俨然是伞兵的表情了。快了，快了，已经穿上大半条裤子了。他跟我说："我很快就有真正的降落伞了。"

真正的降落伞？

"等两天，会让你见识的。"

我等了两天，看到范小兵从家里偷出了一条床单。

"就这个？"

他郑重地点头。又从口袋里摸出几根绳子，让我和刘田田帮帮忙。

按照他的要求，我们在放牛的时候帮他做成了降落伞。把床单的四个角分别用一根绳子扎起来，然后四根绳子的另一头再扣在一起。弄完了，范小兵抓着绳头向前跑，有那么一下子床单膨胀起来，但是跑几步就缠在一起在地上拖了。显然是失败了。范小兵不服气，又试了几次，还是没起色。怎么回事？他问我们。我们哪里知道。刘田田头脑一亮，说，不是想让床单膨胀起来么，用树枝撑着。我们就找了两根既细又直的紫穗槐枝条，交叉着和床单四角绑在一起，这样即使没风，床单也是膨胀起来的。又试了一次，降落伞已经能够离开地面了，只是范小兵奔跑的速度和时间都有限，降落伞在空中飘扬了一会儿就坠地了。

我们同时想到了牛。

拴在牛尾巴上，牛比我们都能跑。要范小兵家的黄牛，我们的水牛太笨重。我们把降落伞绑在了黄牛尾巴上，范小兵抽了一鞭子，黄牛闷着头向前跑，降落伞飘起来。就在那个花床单越升越高的时候，噗的掉了下来，黄牛不跑了。它忘了疼。我们兴奋的叫声的另一半，也跟着发不出来了。我想我是见识了降落伞，可惜只壮观了半截地那么远。范小兵还想再抽它一鞭子,我说没用,你总不能跟着它一直抽下去。

第二天范小兵带了一挂小鞭炮。"绑在牛尾巴上,"他说,"我就不信它还能停。"我和刘田田明白了。村东头的小坏孩玩过这个。过年的时候,小坏孩把鞭炮绑在邻居家的牛尾巴上,点着了,那头牛吓得一口气跑了十里路才停下来,差点累得断气。

降落伞和鞭炮绑好了,我和刘田田闪到路边。范小兵点着了火。爆炸声多如芝麻,震得我耳朵里像是飞进了一群小蜜蜂。黄牛发疯似的狂奔起来,降落伞迅速飘起来,鼓鼓胀胀,倾斜着跟在牛身后。降落伞。降落伞。范小兵跟黄牛一样疯狂,粗着脖子狂叫降落伞。我攥紧了拳头,攥得感到了疼。范小兵已经无限接近他的伞兵了。我陡然生出了一阵难受,成为伞兵是多么美好的事情啊。可那是范小兵的事。刘田田也跟着跳,一边跳一边叫。然后我们看见黄牛突然转身往回跑,那时候鞭炮已经炸完了,但它跑得依然疯狂,闷着头,两只尖角斜向上。降落伞重新飘起来。

"快躲开!"范小兵对着我们喊。

黄牛已经冲着我们奔过来了,四蹄踢踏起的尘土从身后扬起来,又飘又抖的花床单使它看起来像是个巨大的怪物。整条道路都在它蹄子下剧烈地晃动。它勾着头,我看到了它两只血红的大眼盯着我和刘田田。刘田田惊叫起来,整个人僵掉了,我想把她再往路边拉,怎么也拉不动,就在黄牛即将冲到我们的位置时,她突然转身往后跑,只跑了两步,黄牛就冲到了她身后。刘田田的尖叫如同泡沫擦过玻璃，她被牛头高高抬起，她的红衬衫在空中闪耀一下，接着被甩到了地上。黄牛从她身上经过，速度慢下来，降落伞着了地，兜着她拖了很远。我和范小兵追上去的时候，刘田田已经躺在路中间，降落伞的一根绳子断了，把她漏了下来。黄牛继续跑，拖着一条委地的床单。

刘田田一动不动地斜躺着，脸成了一张划破了的白纸。我喊了两声她都没有回应。我和范小兵的脸也白了。刘田田左边的大腿在往外流血，裤子都浸透了，右腿的小腿血肉模糊。我抱起她，不知怎么的眼泪唰地就出来了，接着是哭声。我从来都没有那么失去章法地哭过。如果不是范小兵在一边托着，我就是把这辈子所有的力气都使出来，恐怕都抱不动刘田田。

到了医院，我们在手术室外面等了很长时间，医生才出来。医生说，小的皮肉伤不算，一只牛角穿过了刘田田的左腿，一只牛蹄踩过她的右腿，还好只是骨肉伤，没有生命危险。刘田田在镇上的医院里住了一个月，出院的时候成了一个两腿都瘸的女孩。此外，偶尔还会精神恍惚，正吃着饭就咬着筷子发呆。从医院回来，她就再没去过学校。

黄牛是在三天以后找到的，竟然跑到了十五里以外的腰滩。那里有一片浩大的芦苇荡，它在里面吃得肚大腰圆，老范拽着缰绳它还不乐意跟着回来。

6

我们都担心老范会把范小兵打死,他用鞋底一下一下地抽。前几十下范小兵还叫唤,后来干脆不出声了,趴在板凳上撅着屁股,跟睡着了一样。我敢担保,老范一定是用上了当年在战场上杀敌的力气来收拾自己的儿子的,他打得满身大汗,一边打一边吼:

"叫你当兵!叫你当兵!"

打到后来老范也哭了,眼泪跟着汗水一直往下流。打到胳膊再也抬不起来了,打到范小兵的裤子都破了,打碎的布片布条和布丁嵌进了范小兵稀烂的屁股肉里。打到刘田田的爸妈都看不下去了,刘田田她妈哭着说:"不能再打了,再打也跟田田一样了。"

老范停下来,坐到地上,先是看着血红的鞋底,然后抱着被打昏了的范小兵失声痛哭。老范说:"小兵,小兵,你当个什么兵!"好像范小兵已经是个当兵的了。

很长时间里我都不明白,为什么老范坚决不同意范小兵当兵,说说都不行。我经常跟范小兵在他家玩,我提起来当兵的事,甚至说"当兵""军装""八一皮带"这些时,老范都很不高兴。他摆着个脸给我看,我立刻就闭嘴。他当然不会骂我,但范小兵一提他就骂。他说,再兵来兵去的,现在就给我滚出去!他对当兵之类的词和事情,简直敏感到了莫名其妙的地步。自从老婆跟大胡子跑了以后,每年镇上和村里敲锣打鼓地来慰问军烈属,他都尽量避开。连和军人有关的荣誉都要躲,好像人家不是来慰问他,而是来抓他坐牢的。

范小兵被暴打之后大约半个月,镇上的慰问团又来了。当年老范就是在这样的时节从前线退下来的,这一天成了战斗英雄的纪念日。他们开了一辆大卡车,吹吹打打从中心路拐到老范家的巷子里。卡车后跟了一大群人看热闹,像过节一样。我正在跟范小兵玩,他的屁股还不能靠板凳,必须站着或者趴着,那天他就是趴着,在席子上画自己在跳伞。

我对范小兵说:"又来看你爸了。"

范小兵头都不抬地说:"不在家看什么看。"

时间不长,村主任带着两个更像领导的人进来了。背后是喧天的锣鼓,从卡车上一直响到院门口。

"你爸呢?"村主任问。

"卖酱油去了。"

"你看看,你看看,太不像话了,"村主任很生气,"这个老范,一到关键时候就不在家。"

"没事，"更大的领导说，"这说明我们的战斗英雄觉悟高，自力更生嘛。"

锣鼓继续，更热闹了。几个人抬了一块英雄匾和一纸箱子礼物进了门。老范不在家，仪式只好从简。范小兵从席子上爬起来，代表老范接受英雄匾和礼物箱。领导握着范小兵的手，弄得范小兵浑身痒得难受，但领导一直握着不撒手，对着照相机不停地说话。

最后，领导说："老范是个好同志，我来两次了，他都不在家，让我很感动。作为一个身有残疾的战斗英雄，他不居功自傲，视荣誉为平常，这一点值得我们所有人学习！我代表镇政府、镇领导，向老范、向我们战斗英雄的儿子，表示崇高的敬意！"

慰问团走了，一些人还留在老范家看热闹。他们想看看箱子里到底装了什么好东西。范小兵打开箱子给他们看。有酒，有高级点心，还有一些苹果和西瓜。我听到一片口水声，谁家能吃上这些好东西啊。看得出来，他们像我一样眼馋。但是范小兵把箱子合上了。范小兵说："这是给我爸的。"

巷子头的三秃子说："都走都走，人家是送给残废军人的。你残废了吗也往上靠？"

男人们笑起来，都说："没残废没残废。"

他们这么一说，我倒愣了，老范胳膊腿一样不少，残哪儿的废？

他们又笑了，三秃子说："小兵，你妈是不是因为你爸残废才跟大胡子跑了？"

范小兵说："你爸才残废！你妈才跟大胡子跑了！"

三秃子说："是啊，我爸残废了，那个东西被打掉了，我妈跟大胡子跑了，又怎么样？反正他们也死了。"

屋子里的人都笑了，范小兵没笑，我也没笑。可是我在想，他爸竟然没有那个东西。我知道那个东西是什么。三秃子笑得尤其开心，前仰后合。范小兵一声不吭，从我身边走过去，抓起英雄匾照着三秃子的光头就砸下去。哗啦一声，玻璃碎了一地，三秃子满头满脸都是血，一道道流下来，跟电影里披红头发的鬼有点像。他怪叫着要打范小兵，被拉住了，他们觉得这玩笑开大了，一个个收起了笑脸，匆匆忙忙把三秃子拖出了门。

我一直待到天黑，到老范回来。老范把独轮车上的酱油桶拎下来，看了看地上的碎玻璃，一句话也没说，找了笤帚扫进了畚箕里。然后打开箱子，抱出最大的一个西瓜让我带回家，我推着手说不带，老范沉着脸看我，一个字一个字地说：

"带。一定要带。"

7

范小兵的钱攒够了。他的屁股好了，对降落伞的热情又背着老范高涨起来。那天晚上他把偷来的钱再次放进小箱子里，数完了，说："二十块零六分。我要成为伞兵了。"然后把钱分成五份摊在我床上。这是帽子，这是褂子，这是裤子，这是鞋子，这是皮带，他说。他已经把所有有军装的人的价格都打听好了，也说定了，一手交钱一手交货。他急不可待地要去找那些有军装的人，现在就买下来。我说已经不早了，谁还不睡觉，明天吧。正好老范来我家找他，范小兵就急急忙忙锁了箱子回家了。

月亮那么好，光照到我脸上，睁开眼就看见掺着蓝幽幽的乳白色。村庄静寂，只有月光移动的声音，是那种琐细的小声音。它让我难受，让我心跳如鼓。我看着从窗户里透过来的一块月光慢慢移动，一直移动到柜子上，我从里到外咯噔响了一下。小箱子。

我在床上翻来覆去地转身，转来转去还是看见了那个小箱子。明天范小兵就要成为一个伞兵了，我能想象出来他意气风发的样子，他全副武装站在高得让人眩晕的地方，背后是他从家里偷出来的另一条床单，当然，现在已经是降落伞了，他向全世界人民喊，同志们，冲啊，纵身跳了下来，降落伞飘飘举举，缓缓而下，他在飞翔的过程中尽情地转圈，转一圈，再转一圈，经过漫长得有一天那么长的时间，范小兵终于落到地上，稳稳地站住，两条腿就像从来没有离开过大地一样，就像本来就长在大地上一样。我不知道我能不能成为伞兵，但是当个一般的解放军总可以吧。他看上的军装也是我看上的，也许在今天夜里我比他还要喜欢。可是我没有钱。我觉得慰问老范的锣鼓队伍正从我前胸上走过，咚咚咚，咣咣咣，我要喘不过气了。

我爬起来，把手艰难地伸向那个小箱子。

第二天清晨，我起得比爸妈都早。母亲问我起那么早干什么？

我说："去姥姥家。"

"你不是说过两天再去的么？"

"不过了，今天就去。"

母亲很高兴，赶紧给我做早饭。我不喜欢走亲戚，姥姥家都不想去，而姥姥想我去，她说都两年没见过我了，想我都想出病了。我说我去给姥姥看两眼，治治她的病。吃完饭收拾好东西，我走出家门。出了村子我又跑回来，走到范小兵家门口，看到老范正在院子中往一只桶里倒酱油。我跟老范说：

"叔叔，小兵呢？"

"还没起呢。我去叫醒他。"

"别叫了，没事。你跟小兵说一声，我去外婆家了，要什么东西直接去我家拿就行了。"

然后我比刚才更快的速度跑出了村子。一望无边的大野地，我踢着路边的草和露水往前走。右手插在口袋里，紧紧地捏着那一沓纸，捏出了一手心的汗。十三块钱。一件褂子，一条裤子。我知道我穿上那身军衣一定也很好看，解放军就是那个样子。我的左手里攥着一把钥匙，另一把在范小兵那里。左手突然从口袋里跳出来，将钥匙扔到了路边的水沟里，我看着小钥匙飘飘悠悠下沉的时候才清醒过来，已经晚了。沉下去了。我走了几步再回头，所有水面都长着同一张脸，分不清钥匙落在哪个地方。我站在水边看了看，继续往前走。我是不是跟范小兵说过，就一把钥匙？记不得了。只是十三块钱太多了，我怎么拿了这么多。除了偷瓜，我从来没拿过别人的东西。我一路都在念叨着十三块，直到进了外婆的家门。

我在外婆家住了三天才回来。回到家就听母亲说，小兵这小孩，就是不省心，这才几天啊，又把自己的腿给弄断了。

8

范小兵跳伞的时候把左腿给摔断了。

那天早上吃过早饭,他想等老范出门卖酱油后就到我家拿钱,可是老范吃完了饭一点没有要走的意思。老范说,他要等扎下的小商贩来买完酱油再走。范小兵不知道要等多久,就扯个幌子去了我家,直接抱着钱箱去找那几个要卖衣服给他的人了。整个上午他都在外面转悠,我不知道他打开钱箱是什么表情。或者是一件一件地买,直到最后才发现钱不够了?不知道。反正他只买到了帽子、鞋子和皮带。

我问母亲:"他拿走箱子以后又来过我家没有?"

母亲说:"来我家干什么?"

我松了一口气。可是范小兵他为什么不找我问一问?这个问题我一直都没想通。那个钱箱子他以后再也没有还给我,为什么不还,我不知道,也不敢去问。此后我们谁都没提钱箱子的事。当然,那十三块钱我也没有拿去买军装,我把它们夹在一本书里藏在隐秘的地方,一直藏着,中途曾变换过几个地方,直到后来我都记不起来到底藏到了哪里。然后彻底找不到了。

钱丢了也没影响范小兵全副武装地跳伞,他偷了老范退伍时的军装。老范的军装压在衣柜最底下,范小兵拿出来给我看过。那时候他还不敢把它拿出来穿,否则会被老范打死。他挨过打,在他妈第一次跟大胡子私奔那会儿,他只是把军装拿出来在身前比画了一下,被老范看到了,拖过来就打,一连十二个耳光。老范的脸色像黑夜里的判官,声音更可怕,老范说:"狗日的,你再敢把它翻出来,我剥了你的皮喂狗!"

但是这次他壮起胆子把衣服偷出来了。他开了门回家偷衣服,把帽子、鞋子、皮带和降落伞都藏在屋后的草垛里。当时已经是下午,老范早就出去卖酱油了,是个安全时段。他在打开衣柜之前还是犹豫了好长时间,他得给自己鼓劲,范小兵看到自己伸向柜子的手在哆嗦。柜子打开了,为了不被老范发现,范小兵每一件衣服拿得都很谨慎,按顺序拿出来再放进去,整个过程都很紧张。当他把衣柜合上,一抬头看到老范背对着他站在窗户外,在收绳上晾干的衣服。范小兵慌乱地把军装塞到了床底下,然后站起来说:

"爸。"

老范转过脸找了半天才看见他。"你在家啊?"老范说,继续收衣服,"我还以为你出去了。过来搭把手,把衣服拿进屋。"

范小兵来到院子里,说:"今天回来这么早。"

"卖完了就回来了。"

范小兵趁老范去饮牛的工夫把军装藏到了草垛里。

第二天上午穿上了父亲肥大的军装,袖子和裤腿卷了好几道,八一皮带束住了晃晃荡荡的上衣。他穿军衣戴军帽,英姿飒爽地站在乌龙河的放水闸顶上。那天正好风大,大风吹动的范小兵看上去就是一个英雄。闸底下围了一群像我一样做梦都想当兵的少年。放水闸顶离下面水边的平地至少高十五米,是我们那里能找到的落差最大的地方,没有比那里更适合跳伞的了。

后来我听村主任的儿子毛小末讲,范小兵并没有像我想象的那样,在跳下去的一刻喊什么口号,他甚至连一点声音都没出。他说,范小兵站到闸顶的时候低头对他们说,只有没见过世面的人才会在跳伞的时候大喊大叫,真正的伞兵都是一声不吭地跳的,有什么好喊的呢?伞兵跳伞就像木匠做板凳一样正常,拿起刨子就喊岂不是要累死。范小兵还说,站在高处往下看,感觉真是好极了,他觉得浑身都热了起来,就像煮沸的水一样,他都能听见身体里咕嘟咕嘟冒泡泡的声音,他太想飞了,像老鹰和麻雀那样自在地飞。说完,在大家还没反应过来的时候,跳了下来。

毛小末说,没想到降落伞飘下来的时候那么好看,慢悠悠的,想下来又不想下来,简直都没法相信它是由一条花床单做成的。像一朵花,也像一朵五彩的大蘑菇。范小兵降落的时候也好看，他从容地转着圈，大衣服里灌满了风，如同巨大的花气球下坠着的一个军绿色的小气球。毛小末说，真的，如果不是半路上摔下来，他比伞兵还伞兵。

问题是，半路上范小兵摔下来了。风力那么大，拼命地顶起伞盖，伞盖上范小兵不知道还需要有个排风的洞，交叉绑在四角的两根紫穗槐枝条中的一根突然折断，降落伞的两个角裹到了一起，先是两个角裹在一起，接着另一根枝条也断了，四个角裹到了一起，整个降落伞裹成了一条乱七八糟的装着风的大麻花。离平地五米左右的时候，范小兵像萝卜一样栽下来，毛小末他们都没来得及叫出来，范小兵就摔到了水泥台阶上。那些台阶从河堤上修下来，为了方便人取水的，坚硬而且棱角分明。范小兵结结实实地掉在上面，左边的小腿骨撞到了台阶角上。毛小末他们叫起来，范小兵也叫了起来。

接下来是听我父亲说的，他和老范一起把范小兵送到了镇上的医院。父亲说，在车上老范哭得可伤心了，一手稳住儿子的伤腿，一手捶打自己的脑袋，老范说都怪他，他当时要是不让小兵拿他的军装就不会这样了。他看见了。父亲说，这个老范。

到了医院，还是上次的那个医生，见了老范就说："你们的骨头怎么老出事，上次是个丫头，这回换了个小子。"

9

　　这些都是很多年前的事了。
　　接着说现在。现在,我是一个自由飘游的人。大学毕业后教过几年书,又上了几年学,现在什么也不做,东飘西荡跟着风乱跑。我没当成兵,一天都没当过。高考前军检被刷下来了——平足。范小兵也没当成兵,更不要说伞兵。现在他是一个瘸子,是孩子的父亲,整天推着独轮车到处卖酱油。范家的酱油做得越来越好了。因为左腿有问题,走路一深一浅,独轮车上左边的油桶从来不能装满,满了就会被颠得溢出来。他的老婆是刘田田,他们很早就结婚了。儿子五岁,名字叫大兵。这名字是范小兵给取的,刚开始遭到所有亲友的反对,当爹的才叫小兵,儿子怎么能叫大兵。范小兵坚持住了,所以现在大兵还叫大兵。这些我都是听我妈说的,我长年不回家,都是和家里通电话和通信中知道这些事情的。
　　前段时间我难得回了一趟家,正站在院子里看着墙边的桑树发呆,母亲在门口喊我过去。她说,小兵过去了。我伸着脖子朝巷子里看,范小兵已经走到了巷子的尽头,推着独轮车,身体忽高忽低地走,上身挺得直直的。和他一样挺直上身的是跟在车旁的儿子,五岁的大兵,不仅腰杆直,两只手也甩得有力,每一步都把脚尖踢起来,就像一个军人正步走过阅兵台。